D1736629

Tres novelas ejemplares

Miguel de Cervantes Saavedra

Tres novelas ejemplares

Introducción de Germán Dehesa

 LECTORUM

Tres novelas ejemplares
D.R. © de esta edición:
Editorial Lectorum, S.A. de C.V., 2000
Antiguo Camino a San Lorenzo 220
C.P. 09830 México, D.F.
Tel. (5)612-0546
lectorum@prodigy.net.mx

Primera edición, mayo de 2000
ISBN: 968-5270-08-2

Portada: Blanca Cecilia Macedo

Impreso y encuadernado en México
Printed and bound in Mexico

INTRODUCCIÓN

Yᴀ Fᴇʀɴᴀɴᴅᴏ Sᴀᴠᴀᴛᴇʀ ᴇɴ sᴜs "Iɴsᴛʀᴜᴄᴄɪᴏɴᴇs ᴘᴀʀᴀ ᴏʟᴠɪᴅᴀʀ al Quijote" nos avisa de los peligros que tenemos que sortear para leer con provecho y derechura a los escritores que han sido víctimas del petrificador complot que los convierte en "escritores clásicos". Muy pocos de ellos avizoraron este destino que combina el polvo con el bronce; de hecho, unos cuantos –Cervantes muy principalmente– eran seres perfectamente tratables, amistosos y sin una idea muy clara de su futuro de incienso y de gloria (Cervantes no tenía planeado trascender y consideraba que, si alguna obra suya merecería la atención de la posteridad, ésta sería los ilegibles *Trabajos de Persiles y Segismunda*). El buen don Miguel le apostaba más a la espada que a la pluma y jamás se tomó muy en serio su obra literaria, a la que consideraba inferior a su heroico desempeño en la batalla de Lepanto. Una anécdota biográfica nos da el perfil de su alma: capturado por unos piratas argelinos, permaneció en cautiverio meses eternos; cuando finalmente las órdenes mendicantes reunieron el dinero para su rescate, Cervantes prefirió que fuera liberado en primer lugar un compañero de cautiverio que se encontraba en peores condiciones; por esta bondad de alma es que nos resulta tan amable Miguel de

Cervantes y también por eso considero que no es justo acercarse a su obra como quien se acerca a las pirámides de Egipto. No es correcto; Cervantes no es un monumento; es un entrañable ser humano. Dice Italo Calvino en *¿Por qué leer a los Clásicos?* que una obra clásica es aquella que jamás leemos, pero de la que siempre decimos que estamos a punto de "releerla". No cometamos tal injusticia; olvidémonos de la multitud de cervantistas que tienen a don Miguel sepultado en sesudos tratados, abrumado por extravagantes interpretaciones y momificado a golpe de tesis doctorales. Juguemos a que es simplemente un autor más y leámoslo con ojos nuevos, con buen ánimo y mejor sonrisa. Les aseguro que nos irá mejor a ti, a mí y a Cervantes.

Todo el mundo utiliza a Cervantes o al Quijote como referencias cotidianas, pero pocas son las personas que se detienen a indagar más a fondo sobre este personaje; esto es, pocas personas viven la experiencia de la lectura apasionada y divertida que este autor y sus obras nos proponen.

Y si esto sucede con la obra más famosa de Miguel de Cervantes —quizá de la literatura hispánica—, con más razón ocurrirá con una colección de textos a los que no se había tomado muy en cuenta hasta hace muy poco; cuando se les estudió más a fondo y se les desenterró de su lugar poco protagónico para situarlos justamente en la genealogía del *Quijote* en cuanto a orden de precedencia y maduración estilística en la obra cervantina, en atención a sus múltiples innovaciones estructurales y estéticas. Los textos a los que nos referimos son, evidentemente, las *Novelas ejemplares*.

En cualquier curso de literatura española o universal, escuchamos que la novela tal como la conocemos nosotros —"una búsqueda degradada en un universo degradado sin más salida que la locura o la muerte", según Lukács; un relato que el autor emplea para mostrarnos su idea del mundo, según Forster— comienza con el *Quijote*, que fue publicado en Madrid en 1605. No es injusto que, a pesar de la existencia de la novela de caballerías, la picaresca y la novela pastoril-sentimental, se afirme que el *Quijote* inaugura la novela moderna (todo gran autor crea a sus antecedentes, dice Borges); no obstante, ya en el *Quijote* se menciona la existencia de la historia de *Rinconete y Cortadillo* (publicada, junto con las demás, en 1613), lo que nos lleva a pensar que el mérito de "la madre del género" está justamente otorgado, siempre y cuando reconozcamos sus ostensibles antecedentes cervantinos y no cervantinos.

Anterioridades o posterioridades aparte, no podemos dejar de reconocer la genialidad del hombre de letras que advierte una serie de asuntos que están en el aire: el amor, las raíces del conocimiento, la oposición sabiduría popular y secular *versus* sabiduría libresca y teológica; los engañosos laberintos del erotismo y de la vida misma; los imprevisibles itinerarios de las pasiones; las móviles fronteras entre locura y racionalidad. Temas fundamentales de las *Novelas*, lo son también de la gran mayoría de las comedias de Lope y de otros dramaturgos de la época; aunque Cervantes les da un tratamiento personal y novedoso. En los renglones siguientes trataremos de situar el texto dentro de su espacio histórico-social, así como de dar una cierta aproximación a Cervantes y a sus muy ejemplares novelas. Cabe aclarar que las novelas que aquí se presentan son sólo una cuarta parte de la colección; sin embargo, las tres que hemos escogido (*La gitanilla, El licenciado Vidriera* y *Rinconete y Cortadillo*) muestran cabalmente las innovaciones y genialidades de Cervantes, así como varios rasgos distintivos del género tratados con bonhomía, compasión y agudeza.

Miguel de Cervantes y su tiempo

Por extraño que parezca, en el autor de las *Novelas ejemplares* siempre prevaleció, como ya dijimos, el hombre de espada, el soldado, por encima del escritor. Nace en Alcalá de Henares en 1547, hijo de un cirujano más bien mediocre, y en 1569 viaja a Italia, donde entra a servir como paje en la casa de monseñor Acquaviva, al que abandona poco tiempo después para alistarse en las tropas españolas que van a combatir a los turcos. Así, llega a la celebérrima batalla de Lepanto (1571), en la que participa de manera voluntaria, pues una altísima fiebre que padecía en ese momento podía haberlo eximido del combate.

Participa, entonces, en esta tan publicitada victoria española y pierde una mano en el encarnizado combate. Mucho nos dice de su fervor guerrero y patriótico (en aquella época no había español que no creyera que su causa era la del verdadero y único Dios) que, muchos años después, en el "Prólogo al lector" de la primera edición de las *Novelas*, Cervantes escribiera al hacer su retrato: "Perdió en la batalla naval de Lepanto la mano izquierda de un arcabuzazo, herida que, aunque parece fea, él la tiene por hermosa, por haberla cobrado en la más memorable y alta ocasión que vieron los pasados siglos, ni esperan ver los venideros..."

Claro que no todo fue victoria, ni mucho menos, para el soldado Cervantes; en 1575 fue capturado por los corsarios, quienes lo mantuvieron cautivo cinco años hasta que fue rescatado después de varios intentos de fuga y rebeliones encabezados por él mismo. Si bien él había mantenido siempre una lealtad inquebrantable hacia su patria y su monarca, éstos no le correspondieron en igual medida, pues pasó varios años ocupando oscuros puestos administrativos mientras trataba de vivir de su pluma, cosa bastante difícil teniendo encima la sombra de ese monstruo llamado Lope de Vega. Las constantes deudas del escritor, así como lo infortunado de su matrimonio y su vida familiar, son detalles ampliamente conocidos y asimilados, pues no son nada extraordinario en los tiempos que vivió; lo que sí llama la atención es que un alma que experimentó tan hondamente la ingratitud y la miseria humanas haya mantenido la amargura tan fuera de su obra: sus grandes personajes son compasivos, sonrientes y predican el amor como primer móvil. Pobre, pero reconocido como hombre de letras y con sus personajes deambulando por las mentes de sus contemporáneos, Cervantes muere en 1616.

Por orden de publicación sus otras obras son: *Primera parte de la Galatea* (Alcalá, 1585); *El viaje del Parnaso* (Madrid, 1614);

Ocho comedias y ocho entremeses nuevos (Madrid, 1615); *Segunda parte del ingenioso caballero don Quijote de la Mancha* (Madrid, 1615); *Los trabajos de Persiles y Sigismunda, historia setentrional* (Madrid, 1617). Las obras teatrales *Numancia* y *El trato de Argel* se publicaron en el siglo XVIII.

Ahora, si bien Felipe II, defensor empecinado de la cristiandad, ejecutor implacable de los mandatos del Concilio de Trento cuya múltiple estrategia pretendía la recuperación de la hegemonía del catolicismo romano y responsable de las numerosas campañas en contra de los herejes, muere en 1598, varios años antes de la publicación de las principales obras de Miguel de Cervantes; la España que se nos presenta en ellas es la que vivió bajo el reinado de este monarca; una España fervorosa e irracional, gobernada por un fanático que acudía sin ton ni son a todos los escenarios donde la fe católica (religión y coartada política) pudiera verse amenazada, ya dentro de su territorio, ya fuera de él, mientras dejaba todas las riquezas provenientes de las colonias en manos de los banqueros genoveses y alemanes. Y no iba solo; era una convicción profunda que todo el pueblo compartía, fundamentada en una vida espiritual, apasionada y radical: médula y motor de cada una de sus acciones.

Pero, con todo, este desenfreno religioso y este volcarse en una espiritualidad tan profunda, aunque dejó al pueblo español pobre y aislado del resto de Europa, plenamente instalada en las modernas ideas del Renacimiento, provocó un florecimiento en las artes en general y en la literatura en particular que hoy contemplamos como algo verdaderamente milagroso y único, puesto que en muchos aspectos sentó las bases estéticas y artísticas de la historia española posterior.

Era, pues, una España pobre y desigual la de Cervantes; que dejaba recaer todo el peso de los impuestos –que eran muchísimos– sobre los hombros del pueblo llano y que, a la vez, no propiciaba ni la agricultura ni los oficios artesanales ya que todo lo importaba. Una España, a fin de cuentas, que era caldo de cultivo perfecto para el florecimiento de los pícaros, los aventureros, los sinvergüenzas y los marginados, donde se vivía una piedad torcida y una caridad cimentada en la importancia de la desigualdad como exigencia social. Todo esto lo retoma Cervantes, quien une maravillosamente su vastísima cultura literaria al elemento folclórico y oral presente en las calles y las plazas y da como resultado una fusión deslumbradora entre realidad y fantasía, ya que toma un elemento perfectamente vulgar y cotidiano (los gitanos, los pícaros, los estudiantes) y lo sumerge en un universo ideal en el que los seres humanos son capaces de regirse por las leyes del amor, el honor y la verdad.

¿Novelas ejemplares?

En el Prólogo ya citado, Cervantes escribe: "Heles dado el nombre de *Ejemplares*, y si bien lo miras, no hay ninguna de quien no se pueda sacar un ejemplo provechoso".

Ahí está, entonces, una primera explicación de por qué las llama "ejemplares", aunque más adelante volveremos sobre este adjetivo. En cuanto al nombre de "novela", ya hemos dicho que desde la baja Edad Media y como un desprendimiento de la épica y del romancero popular se estaba gestando este género cuyo pleno surgimiento se da como un tipo de relato indisolublemente ligado a eso que llamamos "cultura occidental" y más precisamente a una fase fundamental para ella: la secularización del mundo (con la Iglesia hemos topado), la aparición protagónica de la burguesía, de la imprenta y del singular concepto de "propiedad privada" y "destino individual" (decíase el lector de novelas: ahora tengo vida propia, el mundo ya no es una "mala posada", tengo mi destino, mi casa y mi libro y en él puedo leer las peripecias de otros destinos igualmente mundanos e individuales).

En el siglo XIV, el italiano Giovanni Boccaccio escribió una serie de diez narraciones cortas en prosa, el *Decameron*, tratando temas amorosos y humanos. Tanto la temática como la forma establecían un rompimiento con la tradición narrativa, por lo que se dio en llamarlas "novelas" (noticia o novedad).

Después, otros escritores también italianos siguieron esta corriente y le dieron más amplitud al término, aunque conservando la brevedad del relato como característica fundamental.

Es así como Cervantes, que sentía por la cultura italiana una gran admiración, es el privilegiado e hispánico beneficiario de este nuevo modo de contar historias que conservan a Dios como coartada y elemento decorativo, pero cuyo reino es de este mundo.

El escritor, consciente de su aportación, la menciona en el Prólogo, y de esta manera nos deja concluir que, si bien él se refiere explícitamente a la ejemplaridad de sus novelas como algo relacionado con el carácter edificante o moralizador de las mismas, también hay un elemento formal digno de ser tomado en cuenta por los futuros hombres de letras. Sus novelas pretenden (sin mucho ánimo) darnos un ejemplo; pero además –y quizá esto sea lo más importante– se nos muestran como "ejemplos" de lo que podría ser (estaba siendo) la novela.

Las novelas ejemplares

Desde Cervantes hasta Balzac (por señalar dos límites arbitrarios) sabemos que la novela refleja y distorsiona simultáneamente los juicios y prejuicios de su autor. Para que la novela viva, el autor tiene que guardar silencio y cederle la palabra al narrador (¡ojo!, no confundirlo con el autor) quien a su vez les concede voz y destino a los personajes (¡ojo!, no confundirlos con el narrador); sólo entendiendo esto se puede comprender que un fiel católico como Cervantes, inmerso además en la rígida ortodoxia de la contrarreforma, cree mundos y seres que, como tú y como yo, encarnen contradicciones, locuras, secretas herejías y solapadas rebeliones contra los prejuicios de su época y de su autor. Sólo así se liberan de su autor y alcanzan su entera humanidad. La edad de Cervantes, el barroco español, decía: el Rey, la nobleza y el clero encarnan a la divinidad; vivir es un constante engaño; la nobleza de sangre equivale a la nobleza de alma; los villanos sólo pueden actuar como villanos; las mujeres bellas son débiles pero redimibles por la sabia guía de un hombre noble; el pueblo es chistoso pero peligroso (nosotros los pobres); de poco sirve la sabiduría popular si no hay un hombre culto que la descubra y codifique; Dios tiene especial predilección por los españoles (la recurrente manía del "pueblo elegido"). Es de creer que el individuo Cervantes profesaba todos estos dogmas; nos consta que el escritor Cervantes, sus narradores, sus personajes y su mundo, los ponían en sutiles entredichos (tenían que ser sutiles, pues por ahí andaba el Tribunal del Santo Oficio de la Inquisición que, por ventura, era tan torpe y tan inculto como todos los censores que la Iglesia y el Estado nos han impuesto). Frente a este cúmulo de "causas santas" y torpezas insostenibles, Cervantes y sus personajes (gozosos habitantes de ese acogedor universo alternativo y reivindicador que es la literatura) optaban (como Hamlet) por hacerse locos.

Una vez establecidos los temas y la actitud cervantinas, haremos una observación más cercana de cada una de las obras que se presentan en esta edición.

La gitanilla

No en balde abre Cervantes su colección de novelas con esta deleitosa historia. Los personajes y situaciones que nos plantea están tan bien trazados que nos animan a seguir leyendo. La historia es la siguiente: un joven rico y noble –Don Juan de Cárcamo, ni más ni menos– se enamora de una gitana –Preciosa– que se sale de lo común tanto por su belleza física como por su gracia e inteligencia. Al confesarle él su amor, Preciosa le impone dos condiciones, la primera, que se case con ella y la segunda, que antes del matrimonio viva él un tiempo como gitano, esto es, que se incorpore al grupo como prueba de su interés sincero y honesto.

La historia, entonces, parte de un enamoramiento. Y es ese enamoramiento el que dará lugar al movimiento posterior de la narración: las aventuras de Don Juan convertido en el gitano Andrés, enamorado súbita y platónicamente (como la época lo pedía) de la recatada belleza de Preciosa. Don Juan es bueno, honrado, leal y valiente porque corre por sus venas sangre noble y al igual que a los gitanos les resulta imperioso robar; a él le parece imposible, porque en cierta manera atenta contra sí mismo, contra su naturaleza. Por mucho que anhele ser merecedor del matrimonio con Preciosa, hay ciertos códigos de honor a los que no puede fallar.

Los gitanos no son un grupo desorganizado (para sobrevivir en las orillas hay que organizarse muy bien), pero sí son marginales con respecto a los demás estratos de la sociedad y por eso se atienen a una serie de normas y reglas morales que, si bien son diferentes a las usuales, son muy estrictas y exigen su total cumplimiento y apego. En su visión un tanto poética de los gitanos, Cervantes presenta sin caer en juicios paradójicos a un conjunto de personas virtuosas, con un virtuosismo "primitivo" y austero.

De Preciosa se ha dicho que es una de las más animadas creaciones de Cervantes. Encarna, ella sola, la síntesis de las ideas de éste último sobre la virtud y la libertad. Preciosa actúa sin vergüenza, despojada de los falsos pudores de las mujeres de la época, pero en ningún momento se le puede acusar de inmoral. Como movida por una serie de ideales y motivos más altos que los del resto de los hombres y mujeres que la rodean, se mantiene inmaculada y por eso −además de por su extrema sabiduría− la colocan en el centro del grupo al que pertenece. ¿Qué pasará con Preciosa y don Juan-Andrés que van y vienen de la nobleza a la profusa plebe urbana? Pasarán muchas cosas que ameritan por sí solas una atenta lectura.

El licenciado Vidriera

Es ya un lugar común que, para Cervantes, la razón y la locura son categorías relativas. Desde luego que donde se expone más ampliamente esta tesis es en el *Quijote*, pero ya podemos encontrar un anticipo de ella en *El licenciado Vidriera*.

Tomás Rodaja, que así es nombrado el protagonista, es un joven pobre que logra llegar a estudiar a la Universidad de Salamanca. Es bien conocido por su ingenio y sabiduría, pero se vuelve increíblemente popular después de que una mujer lo hechiza y le quita el juicio, dejándolo convencido de que su cuerpo está hecho de vidrio —de ahí el apodo— y de que, por lo tanto, su fragilidad física es extrema (no sólo en la literatura existen mujeres y hombres así. Piénsenlo sin quebrarse).

El autor, al establecer así la historia, juega con dos ideas. La primera, que ese aparato supuestamente infalible que llamamos "sentido común" es relativo, puesto que los hombres y mujeres acuden a Vidriera en busca de consejos de índole práctica y cotidiana como al oráculo, pero este mismo pozo de sabiduría puede ser capaz, en contraste, de hacerse transportar en una carreta llena de paja por miedo de irse a romper en el camino. Es a partir del choque de extremos (locura-cordura, realidad-fantasía) que Cervantes nos hace explícita toda una teoría sobre la inestabilidad y volatilidad de las nociones que consideramos firmes y a prueba de dudas.

La segunda idea que se presenta, muy ligada a la anterior, se puede enunciar así: una verdad, cualquier verdad, será siempre relativa, provisional, rebatible, contradictoria y perecible. No hay ninguna objetividad unívoca, no hay una sola visión del mundo. Cada quien tiene la suya, aunque la del loco se dispare y choque con la de los demás (y suela ser la más durable y correcta). Vidriera no es malo (Cervantes es quizá el único escritor de genio sin deudas con la maldad); Vidriera sólo ve las cosas de otra manera a causa de un evento propiciado por una voluntad que no es la suya. En otras palabras, Tomás Rodaja no es culpable ni al principio de su locura, porque fue víctima de un hechizo, ni después, porque no estaba en su juicio. Él no es ni malo ni tonto, sólo diferente.

La reacción de los que lo rodean merece mención aparte. Ellos sí no se salvan porque aparentemente son dueños de una cierta sensatez. Y decimos aparentemente porque sus actos demuestran lo contrario. ¿Quién está más loco: el que por causas externas percibe el mundo de otra forma, o el que, dándose cuenta de esto, se aprovecha de él? Nos puede parecer todo –la situación, los personajes, las acciones– muy fársico y ridículo, pero la crítica social ahí está, tanto en la voz del narrador como en la del mismo licenciado; ambos critican a una sociedad supersticiosa y burlona, aunque los juicios salgan de la boca de un "necio", no dejan de estar presentes.

Rinconete y Cortadillo

La novela de *Rinconete y Cortadillo* guarda un cierto parentesco con otros dos géneros narrativo-descriptivos: la novela picaresca y el cuadro de costumbres. Sin pertenecer a ninguno de los dos, la novela toma de ellos elementos aislados y los incorpora a su propia estructura.

La novela picaresca comienza a tomar forma a mediados del siglo XVI con la aparición del *Lazarillo de Tormes* y lo que la diferencia de los otros tipos de novela también de moda en la época –pastoril y morisca– es la institución de la figura del "pícaro" como tipo social trasladado a un tipo literario. El pícaro es un joven que se gana la vida a salto de mata; que tiene que desarrollar muchas habilidades para sostenerse, pues viene de familias muy pobres, generalmente campesinas. Si recordamos lo anteriormente expuesto sobre la situación económica y social de España en ese momento, podremos observar que la aparición de un personaje como éste es algo natural; la distinción entre trabajadores y comerciantes y el resto del pueblo era tan marcada, que el ascenso social se adivinaba casi imposible. Esto, aunado a la terrible pobreza que imperaba entre las clases bajas, propició que, a partir de cierta edad, los jóvenes se vieran obligados a dejar su casa y a buscarse el alimento como fuera posible. Huelga describir el grado de astucia y cinismo que alcanzaban a desarrollar estos individuos que no son morales ni inmorales; simplemente son amorales (la moralidad es un lujo que no está al alcance de todos).

Rinconete y Cortadillo, pues, son dos muchachos que se encuentran en un cruce de caminos cuando cada uno viene escapando de su casa por diferente motivo. En seguida se reconocen como semejantes y deciden continuar su camino —su aventura— juntos. Así, llegan a Sevilla e ingresan en una cofradía de delincuentes dirigida por un hombre bribón y seductor (pobre del bribón que no sea seductor) llamado Monipodio.

En las descripciones de Monipodio y su pandilla es donde juega un papel fundamental el cuadro de costumbres: los pasajes geniales de la novela son, precisamente, aquéllos en los que se describe la actividad reinante en el "cuartel general" de la cofradía, el patio de la casa de Monipodio (algo del Oliver Twist de Dickens ya se asoma por aquí). Un cuadro de costumbres tiene como base la descripción; busca retratar con literaria justeza una realidad o un momento determinado de la vida de una sociedad. No hay principio ni final, simplemente se captura un instante en el entendido de que existen un origen y un destino narrativos que nos son totalmente desconocidos sin que esto último demerite la efectividad del relato.

Esto es lo que pasa con el texto que nos ocupa. Asistimos al encuentro de los dos jóvenes y a su recorrido, a su ingreso en la cofradía y, posteriormente, al descubrimiento que hacen de los usos y costumbres de sus compañeros. La descripción es tan eficaz, que no echamos de menos el ritmo presuroso de las otras novelas.

Tanto la picaresca como el cuadro de costumbres se basan en una vocación realista; vale decir: el autor inventa —monedero falso— mundos que se atienen a la frágil lógica de ese tangible sueño que llamamos "realidad". La palabra clave para el juego es *verosimilitud* (mentiras más verdaderas que la verdad, decía Proust, pero lo anticipó Cervantes). Es tan real su recreación, que nos transmite muy vívidamente cuál era el sistema de valores y creencias de la sociedad sevillana, y hay por lo menos dos elementos, relacionados ambos con la religión y la espiritualidad —elementos nucleares de la vida en ese entonces— que vale la pena analizar: la situación de los pobres y mendigos y las prácticas devotas.

Los pobres en esta sociedad no eran discriminados, sino que ocupaban un lugar importante dentro de ella; eran el instrumento perfecto para la salvación del alma. No sólo no se les despreciaba, sino que se les ayudaba en todo lo posible atendiendo los principios fundamentales del cristianismo y la religión católica. Claro que esto generó una serie de pobres, tullidos y lisiados que se aprovechaban del mandato de caridad, pero como no era posible establecer una distinción tajante entre verdaderos y espurios, tenían que ser tolerados.

Por otro lado está el asunto de la devoción. Los ladrones y estafadores, al igual que los gitanos de *La gitanilla*, no encuentran ninguna contradicción entre el "oficio" que desempeñan y la fe que profesan. Son devotos a ultranza, supersticiosos y fetichistas, y poseen prácticas y costumbres férreas (los narcotraficantes son también muy "devotos"). Como tienen también su lógica y moral propias, no se insertan dentro de los esquemas convencionales del bien y el mal, es precisamente eso lo que los hace tan sorprendentes y amenazantes.

No se puede decir que hay una conclusión −ya dijimos que el cuadro de costumbres no concluye− ni una reprobación explícita por parte del autor −es responsabilidad del lector juzgar aquello que está disfrutando y en consecuencia fabricar sus consideraciones morales.

Terminamos ya, lector amigo. Mejor te irá si te ahorras estos elaborados prólogos y comienzas a cursar la enriquecedora amistad de Cervantes con sus ejemplares novelas.

Juana Inés y Germán Dehesa
San Ángel, Pascua del año 2000

PRÓLOGO DEL AUTOR

QUISIERA YO, SI FUERA POSIBLE (LECTOR AMANTÍSIMO), excusarme de escribir este prólogo, porque no me fue tan bien con el que puse en mi *Don Quijote*, que quedase con gana de segundar con este. De esto tiene la culpa algún amigo de los muchos que en el discurso de mi vida he granjeado antes con mi condición que con mi ingenio: el cual amigo bien pudiera, como es uso y costumbre; grabarme y esculpirme en la primera hoja de este libro, pues le diera mi retrato el famoso don Juan de Jáuregui, y con esto quedara mi ambición satisfecha, y el deseo de algunos que querrían saber qué rostro y talle tiene quien se atreve a salir con tantas invenciones en la plaza del mundo a los ojos de las gentes, poniendo debajo del retrato: Este que veis aquí de rostro aguileño, de cabello castaño, frente lisa y desembarazada, de alegres ojos, y de nariz corva aunque bien proporcionada, las barbas de plata, que no ha veinte años que fueron de oro, los bigotes grandes, la boca pequeña, los dientes no crecidos, porque no tiene sino seis y esos mal acondicionados y peor puestos, porque no tienen correspondencia los unos con los otros; el cuerpo entre dos extremos, ni grande ni pequeño, la color viva, antes blanca que morena, algo cargado de espaldas, y no muy ligero de pies: éste, digo, que es el rostro del autor de *La Galatea* y de

Don Quijote de la Mancha, y del que hizo el *Viaje del Parnaso* a imitación del de César Caporal Perusino, y otras obras que andan por ahí descarriadas, y quizá sin el nombre de su dueño; llámase comúnmente MIGUEL DE CERVANTES SAAVEDRA: fue soldado muchos años, y cinco y medio cautivo, donde aprendió a tener paciencia en las adversidades: perdió en la batalla naval de Lepanto la mano izquierda de un arcabuzazo; herida, que aunque parece fea, él la tiene por hermosa, por haberla cobrado en la más memorable y alta ocasión que vieron los pasados siglos, ni esperan ver los venideros, militando debajo de las vencedoras banderas del hijo del rayo de la guerra, Carlos V, de felice memoria; y cuando a la de este amigo, de quien ne quejo, no ocurrieran otras cosas que las dichas que decir ae mí, yo me levantara a mí mismo dos docenas de testimonios, y se los dijera en secreto, con que extendiera mi nombre y acreditara mi ingenio; porque pensar que dicen puntualmente la verdad los tales elogios, es disparate, por no tener punto preciso ni determinado las alabanzas ni los vituperios. En fin, pues ya esta ocasión se pasó, y yo he quedado en blanco y sin figura, será forzoso valerme por mi pico, que aunque tartamudo, no lo será para decir verdades, que dichas por señas suelen ser entendidas. Y así te digo (otra vez, lector amable) que destas novelas que te ofrezco, en ningún modo podrás hacer pepitoria, porque no tienen pies ni cabeza, ni entrañas, ni cosa que les parezca: quiero decir, que los requiebros amorosos que en algunas hallarás, son tan honestos y tan medidos con la razón y discurso cristiano, que no podrán mover a mal pensamiento al descuidado o cuidadoso que las leyere. Héles dado el nombre de *Ejemplares,* y si bien lo miras, no hay ninguna de quien no se pueda sacar un ejemplo provechoso; y si no fuera por no alargar este sujeto, quizá te mostrara el sabroso y honesto fruto que se podría sacar, así de todas juntas, como de cada una de por sí. Mi intento ha sido poner en la plaza de nuestra república una mesa de trucos, donde cada uno pueda llegar a entretenerse sin daño de barras: digo, sin daño del alma ni del cuerpo, porque los ejercicios honestos y agradables antes aprovechan que dañan. Sí; que no siempre se está en los templos, no siempre se ocupan los oratorios, no siempre se asiste a los negocios por calificados que sean: horas hay de recreación, donde el afligido espíritu descanse: para este efecto se plantan las alamedas, se buscan las fuentes, se allanan las cuestas, y se cultivan con curiosidad los jardines. Una cosa me atreveré a decirte: que si por algún modo alcanzara que la lección de estas novelas pudiera inducir a quien las leyera a algún mal deseo o pensamiento, antes me cortara la mano con que las escribí, que sacarlas en público: mi edad no está ya para burlarse con la otra vida, que al cincuenta y cinco de los años gano por nueve más, y por la mano. A esto se aplicó mi ingenio, por aquí me lleva mi inclinación, y más que me doy a entender (y es así) que yo soy el primero que he novelado en lengua castellana; que las muchas novelas que en ella andan impresas, todas son traducidas de lenguas extranjeras, y éstas son mías propias, no imitadas ni hurtadas: mi ingenio las engendró y las parió mi pluma, y van creciendo en los brazos de la estampa. Tras ellas, si la vida no me deja, te ofrezco los *Trabajos de Persiles*, libro que se atreve a competir con Heliodoro, si ya por atrevido no sale con las manos en la cabeza: y primero verás, y con brevedad, dilatadas las hazañas de *Don Quijote* y donaires de Sancho Panza; y luego las *Semanas del Jardín*. Mucho prometo con fuerzas tan pocas como las mías; pero ¿quién pondrá rienda a los deseos? Sólo esto quiero que consideres: que pues yo he tenido osadía de dirigir estas novelas al gran conde de Lemos, algún misterio tienen escondido, que las levanta. No más, sino que Dios te guarde, y a mí me dé paciencia para llevar bien el mal que han de decir de mí más de cuatro sotiles y almidonados.

— *Vale.*

LA GITANILLA

Parece que los gitanos y gitanas solamente nacieron en el mundo para ser ladrones: nacen de padres ladrones, críanse con ladrones, estudian para ladrones y, finalmente, salen con ser ladrones corrientes y molientes a todo ruedo; y la gana de hurtar y el hurtar son en ellos como accidentes inseparables que no se quitan sino con la muerte.

Una, pues, de esta nación, gitana vieja, que podía ser jubilada en la ciencia de Caco, crió una muchacha en nombre de nieta suya, a quien puso nombre Preciosa, y a quien enseñó todas sus gitanerías, y modos de embelecos, y trazas de hurtar. Salió la tal Preciosa la más única bailadora que se hallaba en todo el gitanismo, y la más hermosa y discreta que pudiera hallarse, no entre los gitanos, sino entre cuantas hermosas y discretas pudiera pregonar la fama. Ni los soles, ni los aires, ni todas las inclemencias del cielo, a quien más que otras gentes están sujetos los gitanos, pudieron deslustrar su rostro ni curtir las manos; y lo que es más, que la crianza tosca en que se criaba no descubría en ella sino ser nacida de mayores prendas que de gitana, porque era en extremo cortés y bien razonada; y, con todo esto, era algo desenvuelta, pero no de modo que descubriese algún género de deshonestidad; antes,

con ser aguda, era tan honesta, que en su presencia no osaba
alguna gitana, vieja ni moza, cantar cantares lascivos ni decir
palabras no buenas, y finalmente la abuela conoció el tesoro
que en la nieta tenía, y así, determinó el águila vieja sacar a
volar su aguilucho, y enseñarle a vivir por sus uñas.

Salió Preciosa rica de villancicos, de coplas, seguidillas y
zarabandas, y de otros versos, especialmente de romances,
que los cantaba con especial donaire, porque su taimada abuela echó de ver que tales juguetes y gracias, en los pocos años
y en la mucha hermosura de su nieta, habían de ser felicísimos
atractivos e incentivos para acrecentar su caudal; y ansí, se
los procuró y buscó por todas las vías que pudo, y no faltó
poeta que se los diese; que también hay poetas que se acomo-
dan con gitanos, y les venden sus obras, como los hay para
ciegos, que les fingen milagros y van a la parte de la ganancia:
de todo hay en el mundo, y esto de la hambre tal vez hace
arrojar ingenios a cosas que no están en el mapa.

Crióse Preciosa en diversas partes de Castilla, y a los quince
años de su edad su abuela putativa la volvió a la Corte y a su
antiguo rancho, que es donde ordinariamente le tienen los
gitanos, en los campos de Santa Bárbara, pensando en la Corte
vender su mercadería, donde todo se compra y todo se vende.
Y la primera entrada que hizo Preciosa en Madrid fue un día
de Santa Ana, patrona y abogada de la villa, con una danza
en que iban ocho gitanas, cuatro ancianas y cuatro muchachas,
y un gitano, gran bailarín, que las guiaba; y aunque todas
iban limpias y bien aderezadas, el aseo de Preciosa era tal
que poco a poco fue enamorando los ojos de cuantos la miraban. De entre el son del tamborín y castañetas y fuga del baile
salió un rumor que encarecía la belleza y donaire de la gitanilla, y corrían los muchachos a verla, y los hombres a mirarla;
pero cuando la oyeron cantar por ser la danza cantada, allí
fue ello, allí sí que cobró aliento la fama de la gitanilla, y de
común consentimiento de los diputados de la fiesta, desde
luego le señalaron el premio y joya de la mejor danza; y cuando
llegaron a hacerla en la iglesia de Santa María, delante de la
imagen de la gloriosa Santa Ana, después de haber bailado

todas, tomó Preciosa unas sonajas, al son de las cuales, dando largas y ligerísimas vueltas, cantó el romance siguiente

Árbol preciosísimo,
que tardó en dar fruto
años que pudieron
cubrirle de luto,

y hacer los deseos
del consorte puros,
contra su esperanza
no muy bien seguros:

de cuyo tardarse
nació aquel disgusto
que lanzó del templo
al varón más justo.

Santa tierra estéril,
que al cabo produjo
toda la abundancia
que sustenta el mundo;

casa de moneda
do se forjó el cuño
que dio a Dios la forma
que como hombre tuvo;

madre de una hija
en quien quiso y pudo
mostrar Dios grandezas
sobre humano curso.

Por vos y por ella
sois, Ana, el refugio
do van por remedio
nuestros infortunios.

En cierta manera,
tenéis, no lo dudo,
sobre el nieto imperio
piadoso y justo.

A ser comunera
del alcázar sumo,
fueran mil parientes
con vos de consuno.

¡Qué hija, qué nieto,
y qué yerno! al punto,
a ser causa justa
cantárades triunfos.

Pero vos, humilde,
fuisteis el estudio
donde vuestra hija
hizo humildes cursos.

Y ahora a su lado,
a Dios el más junto,
gozáis de la alteza
que apenas barrunto.

El cantar de Preciosa fue para admirar a cuantos la escuchaban. Unos decían "¡Dios te bendiga la muchacha!" Otros: "¡Lástima es que esta mozuela sea gitana; en verdad, en verdad que merecía ser hija de un gran señor". Otros había más groseros, que decían: "¡Dejen crecer a la rapaza, que ella hará de las suyas! ¡A fe que se va añudando en ella gentil barredera para pescar ¡corazones!" Otro más humano, más basto y más modorro, viéndola andar tan ligera en el baile, le dijo: "A ello, hija, a ello ¡andad, amores, y pisad el polvito tan menudito!"
Y ella respondió, sin dejar el baile:
—¡Y pisárelo yo tan menudo!
Acabáronse las vísperas y la fiesta de Santa Ana, y quedó Preciosa algo cansada; pero tan celebrada de hermosa, de

aguda y de discreta y bailadora, que a corrillos se hablaba de ella en toda la Corte.

De allí a quince días volvió a Madrid, como tenía de costumbre, con otras tres muchachas, con sonajas y con un baile nuevo, todas apercibidas de romances y de cantarcillos alegres, pero todos honestos, que no consentía Preciosa que las que fuesen en su compañía cantasen cantares descompuestos, ni ella los cantó jamás, y muchos miraron en ello, y la tuvieron en mucho.

Nunca se apartaba de ella la gitana vieja, hecha su Argos, temerosa no se la despabilasen y traspusiesen; llamábala nieta, y ella la tenía por abuela.

Pusiéronse a bailar a la sombra en la calle de Toledo, por complacer a los que las miraban, y de los que las venían siguiendo se hizo luego un gran corro. Y en tanto que bailaban, la vieja pedía limosna a los circunstantes, y llovían en ella ochavos y cuartos como piedras a tablado; que también la hermosura tiene fuerza de despertar la caridad dormida.

Acabado el baile, dijo Preciosa:

—Si me dan cuatro cuartos les cantaré un romance yo sola, lindísimo en extremo, que trata de cuando la reina Nuestra Señora Margarita salió a misa de parida en Valladolid y fue a San Llorente. Dígoles que es famoso, y compuesto por un poeta de los del número, como capitán del batallón.

Apenas hubo dicho esto cuando casi todos los que en la rueda estaban dijeron a voces:

—Cántale, Preciosa, y ves aquí mis cuatro cuartos.

Y así granizaron sobre ella cuartos, que la vieja no se daba manos a cogerlos. Hecho, pues, su agosto, y su vendimia, repicó Preciosa sus sonajas y al tono correntío y loquesco cantó el siguiente romance:

> Salió a misa de parida
> la mayor reina de Europa,
> en el valor y en el nombre
> rica y admirable joya.

Como los ojos se lleva,
se lleva las almas todas
de cuantos miran y admiran
Su devoción y su pompa.

Y para mostrar que es parte
del cielo en la Tierra toda,
a un lado lleva el sol de Austria,
al otro, la tierna aurora.

A sus espaldas la sigue
un lucero que a deshora
salió la noche del día
que el cielo y la Tierra lloran.

Y si en el cielo hay estrellas
que lucientes carros forman,
en otros carros su cielo
vivas estrellas adornan.

Aquí el anciano Saturno
la barba pule y remoza.
Y aunque tardo, va ligero;
que el placer cura la gota.

El dios parlero va en lenguas
lisonjeras y amorosas,
y Cupido en cifras varias,
que rubíes y perlas bordan.

Allí va el furioso Marte
en la persona curiosa
de más de un gallardo joven
que de su sombra se asombra.

Junto a la casa del sol
va Júpiter; que no hay cosa
difícil a la privanza
fundada en prudentes obras.

Va la luna en las mejillas
de una y otra humana diosa,
Venus casta, en la belleza
de las que este cielo forman.

Pequeñuelos Ganimedes
cruzan, van, vuelven y tornan
por el cinto tachonado
desta esfera milagrosa.

Y para que todo admire
y todo asombre, no hay cosa
que de liberal no pase
hasta el extremo de pródiga.

Milán con sus ricas telas
allí va en vista curiosa;
las Indias con sus diamantes,
y Arabia con sus aromas.

Con los mal intencionados
va la envidia mordedora,
y la bondad en los pechos
de la lealtad española.

La alegría universal
huyendo de la congoja,
calles y plazas discurre,
descompuesta y casi loca.

A mil mudas bendiciones
abre el silencio la boca,
y repiten los muchachos
lo que los hombres entonan.

Cuál dice: "Fecunda vid,
crece, sube, abraza y toca
el olmo felice tuyo,
que mil siglos te haga sombra.

Para gloria de ti misma,
para bien de España y honra,
para arrimo de la Iglesia,
para asombro de Mahoma".

Otra lengua clama y dice:
"Vivas, ¡oh, blanca paloma!,
que nos has dado por crías
águilas de dos coronas.

Para ahuyentar de los aires
las de rapiña furiosas,
para cubrir con sus alas,
a las virtudes medrosas".

Otra más discreta y grave
más aguda y más curiosa
dice, vertiendo alegría
por los ojos y la boca:

"Esta perla que nos diste,
nácar de Austria, única y sola,
¡qué de máquinas que rompe!
¡Qué de designios que corta!

¡Qué de esperanzas que infunde!
¡Qué de deseos malogra!
¡Qué de temores aumenta!
¡Qué de preñados aborta!"

En esto, se llegó al templo
del Fénix santo que en Roma
fue abrasado, y quedó vivo
en la fama y en la gloria.

A la imagen de la vida,
a la del cielo Señora,
a la que por ser humilde,
las estrellas pisa ahora,

a la Madre y Virgen junto,
a la hija y a la esposa
de Dios, hincada de hinojos,
Margarita así razona:

"Lo que me has dado te doy,
mano siempre dadivosa;
que a do falta el favor tuyo,
siempre la miseria sobra.

Las primicias de mis frutos
te ofrezco, Virgen hermosa:
tales cuales son las mira,
recibe, ampara y mejora.

A su padre te encomiendo;
que humano Atlante se encorva
al peso de tantos reinos
y de climas tan remotas.

Sé que el corazón del rey
en las manos de Dios mora,
y sé que puedes con Dios
cuanto quieres piadosa".

Acabada esta oración,
otra semejante entonan
himnos y voces que muestran
que está en el suelo la gloria.

Acabados los oficios,
con reales ceremonias,
volvió a su punto este cielo
y esfera maravillosa.

Apenas acabó Preciosa su romance, cuando del ilustre auditorio y grave senado que la oía, de muchas se formó una voz sola que dijo:

—Torna a cantar, Preciosa, que no faltarán cuartos como tierra.

Más de doscientas personas estaban mirando el baile y escuchando el canto de las gitanas, y en la fuga de él acertó a pasar por allí uno de los tenientes de la villa; y viendo tanta gente junta preguntó qué era: y fuele respondido que estaban escuchando a la gitanilla hermosa que cantaba.

Llegóse el teniente, que era curioso, y escuchó un rato, y por no ir contra su gravedad, no escuchó el romance hasta el fin; y habiéndole parecido por todo extremo bien la gitanilla, mandó a un paje suyo dijese a la gitana vieja que al anochecer fuese a su casa con las gitanillas; que quería que las oyese doña Clara su mujer. Hízolo así el paje, y la vieja dijo que sí iría.

Acabaron el baile y el canto, y mudaron lugar; y en esto llegó un paje muy bien aderezado a Preciosa, y dándole un papel doblado, le dijo:

—Preciosica, canta el romance que aquí va, porque es muy bueno, y yo te daré otros de cuando en cuando, con que cobres fama de la mejor romancera del mundo.

—Eso aprenderé yo de muy buena gana —respondió Preciosa—. Y mire, señor, que no me deje de dar los romances que dice, con tal condición que sean honestos; y si quiere que se los pague, concertémonos por docenas, y docena cantada docena pagada; porque pensar que le tengo de pagar adelantado, es pensar lo imposible.

—Para papel siquiera que me dé la señora Preciosica —dijo el paje—, estaré contento; y más, que el romance que no saliere bueno y honesto, no ha de entrar en cuenta.

—A la mía quede el escogerlos —respondió Preciosa.

Y con esto se fueron la calle adelante, y desde una reja llamaron unos caballeros a las gitanas.

Asomóse Preciosa a la reja, que era baja, y vio en una sala muy bien aderezada y muy fresca muchos caballeros que, unos paseándose y otros jugando a diversos juegos, se entretenían.

—¿Quiérenme dar barato, zeñores? —dijo Preciosa— que como gitana hablaba ceceoso, y esto es artificio en ellas, que no naturaleza.

A la voz de Preciosa, y a su rostro, dejaron los que jugaban el juego, y el paseo, los paseantes, y los unos y los otros acudieron a la reja por verla, que ya tenían noticia de ella, y dijeron:

—Entren, entren las gitanillas, que aquí les daremos barato.

—Caro sería ello —respondió Preciosa— si nos pellizcasen.

—No, a fe de caballeros —respondió uno—: bien puedes entrar niña, segura que nadie te tocará a la vira de tu zapato; no, por el hábito que traigo en el pecho.

Y púsose la mano sobre uno de Calatrava.

—Si tú quieres entrar, Preciosa —dijo una de las tres gitanillas que iban con ella—, entra enhorabuena; que yo no pienso entrar a donde hay tantos hombres.

—Mira, Cristina —respondió Preciosa—, de lo que te has de guardar es de un hombre solo y a solas, y no de tantos juntos; porque antes el ser muchos quita el miedo y recelo de ser ofendidas. Advierte, Cristinica, y está cierta de una cosa: que la mujer que se determina a ser honrada, entre un ejército de soldados lo puede ser. Verdad es que es bueno huir de las ocasiones; pero han de ser de las secretas y no de las públicas.

—Entremos, Preciosa —dijo Cristina—; que tú sabes más, que un sabio.

Animólas la gitana vieja, y entraron. Y apenas hubo entrado Preciosa, cuando el caballero del hábito vio el papel que traía en el seno, y llegándose a ella, se lo tomó, y dijo Preciosa:

—Y no me lo tome, señor, que es un romance que me acaban de dar ahora, que aún no le he leído.

—¿Y sabes tú leer, hija? —dijo uno.

—Y escribir —respondió la vieja—, que a mi nieta la he criado yo como si fuera hija de un letrado.

Abrió el caballero el papel, y vio que venía dentro de él un escudo de oro, y dijo:

—En verdad, Preciosa, que trae esta carta el porte dentro. Toma este escudo que en el romance viene.

—Basta —dijo Preciosa—, que me ha tratado de pobre el poeta. Pues cierto que es más milagro darme a mí un poeta un escudo que yo recibirle. Si con esta añadidura han de venir

sus romances, traslade todo el *Romancero general,* y envíemelos
uno a uno, que yo les tentaré el pulso, y si vinieren duros,
seré yo blanda en recibirlos.

Admirados quedaron los que oían a la gitanica, así de su
discreción como del donaire con que hablaba.

—Lea, señor —dijo ella—, y lea alto. Veremos si es tan
discreto ese poeta, como es liberal.

Y el caballero leyó así:

> Gitanica, que de hermosa
> te pueden dar parabienes:
> por lo que de piedra tienes
> te llama el mundo Preciosa.
>
> Desta verdad me asegura
> esto, como en ti verás;
> que no se aparta jamás
> La esquivez y la hermosura.
>
> Si como en valor subido
> vas creciendo en arrogancia,
> no le arriendo la ganancia
> a la edad en que has nacido;
>
> que un basilisco se cría,
> en ti, que mata mirando,
> y un imperio, que, aunque blando,
> nos parezca tiranía.
>
> Entre pobres y aduares,
> ¿cómo nació tal belleza?
> ¿O cómo crió tal pieza
> el humilde Manzanares?
>
> Por esto será famoso
> al par del Tajo dorado,
> y por Preciosa preciado
> más que el Ganges caudaloso.

Dices la buenaventura
y dasla mala contino;
que no van por un camino
tu intención y tu hermosura.

Porque en el peligro fuerte
de mirarte o contemplarte,
tu intención va a desculparte,
y tu hermosura a dar muerte.

Dicen que son hechiceras
todas las de tu nación;
pero tus hechizos son
de más fuerzas y más veras;

pues por llevar los despojos
de todos cuantos te ven,
haces, ¡oh niña!, que estén
los hechizos en tus ojos.

En sus fuerzas te adelantas,
pues bailando nos admiras,
y nos matas, si nos miras,
y nos encantas, si cantas.

De cien mil modos hechizas,
hables, calles, cantes, mires,
o te acerques, o retires,
el fuego de amor atizas.

Sobre el más exento pecho
tienes mando y señorío
de lo que es testigo el mío,
de tu imperio satisfecho.

Preciosa joya de amor,
esto humildemente escribe
el que por ti muere y vive
pobre, aunque humilde amador.

—En *pobre* acaba el último verso —dijo a esta sazón Preciosa—: ¡mala señal! Nunca los enamorados han de decir que son pobres, porque a los principios, a mi parecer, la pobreza es muy enemiga del amor.

—¿Quién te enseña eso, rapaza? —dijo uno.

—¿Quién me lo ha de enseñar? —respondió Preciosa—. ¿No tengo yo mi alma en mi cuerpo? ¿No tengo ya quince años? Y no soy manca, ni renca, ni estropeada del entendimiento. Los ingenios de las gitanas van por otro norte que los de las demás gentes. Siempre se adelantan a sus años. No hay gitano necio, ni gitana lerda. Que como el sustentar su vida consiste en ser agudos, astutos y embusteros, despabilan el ingenio a cada paso, y no dejan que críe moho en ninguna manera. ¿Ven estas muchachas mis compañeras, que están callando y parecen bobas? Pues éntrenles el dedo en la boca y tiéntenlas las cordales, y verán lo que verán. No hay muchacha de doce que no sepa lo que de veinticinco, porque tienen por maestros y preceptores al diablo y al uso, que les enseña en una hora lo que habían de aprender en un año.

Con esto que la gitanilla decía, tenía suspensos a los oyentes, y los que jugaban le dieron barato, y aun los que no jugaban. Cogió la hucha de la vieja treinta reales, y más rica y más alegre que una Pascua de Flores, antecogió sus corderas y fuese en casa del señor teniente, quedando que otro día volvería con su manada a dar contento a aquellos tan liberales señores.

Ya tenía aviso la señora doña Clara, mujer del señor teniente, cómo habían de ir a su casa las gitanillas, y estábalas esperando como agua de mayo ella y sus doncellas y dueñas, con las de otra señora vecina suya, que todas se juntaron para ver a Preciosa.

Y apenas hubieron entrado las gitanas, cuando entre las demás resplandeció Preciosa como la luz de una antorcha entre otras luces menores. Y así corrieron todas a ella: unas la abrazaban, otras la miraban; éstas la bendecían, aquéllas la alababan.

Doña Clara decía:

—¡Este sí que se puede decir cabello de oro! ¡Estos sí que son ojos de esmeraldas!

La señora su vecina la desmenuzaba toda, y hacía pepitoria de todos sus miembros y coyunturas. Y llegando a alabar un pequeño hoyo que Preciosa tenía en la barba, dijo:

—¡Ay, qué hoyo! En este hoyo han de tropezar cuantos ojos miraren.

Oyó esto un escudero de brazo de la señora doña Clara, que allí estaba, de luenga barba y largos años, y dijo:

—¿Ese llama vuesa merced hoyo, señora mía? ¡Pues yo sé poco de hoyos, o ése no es hoyo, sino sepultura de deseos vivos! ¡Por Dios! ¡Tan linda es la gitanilla que hecha de plata o de alcorza no podría ser mejor! ¿Sabes decir la buenaventura, niña?

—De tres o cuatro maneras —respondió Preciosa.

—¿Y eso más? —dijo doña Clara—. Por vida del teniente mi señor, que me la has de decir, niña de oro, y niña de plata, y niña de perlas, y niña de carbunclos, y niña del cielo, que es lo más que puedo decir.

—Denle, denle la palma de la mano a la niña, y con que haga la cruz —dijo la vieja—, y verán qué de cosas les dice; que sabe más que un dotor de melecina.

Echó mano a la faldriquera la señora tenienta, y halló que no tenía blanca. Pidió un cuarto a sus criadas, y ninguna le tuvo, ni la señora vecina tampoco.

Lo cual, visto por Preciosa, dijo:

—Todas las cruces en cuanto cruces son buenas; pero las de plata o de oro son mejores. Y el señalar la cruz en la palma de la mano con moneda de cobre, sepan vuesas mercedes que menoscaba la buenaventura, por lo menos la mía; y así, tengo afición a hacer la cruz primera con algún escudo de oro, o con algún real de a ocho, o a lo menos de a cuatro. Que soy como los sacristanes: que, cuando hay buena ofrenda, se regocijan.

—Donaire tienes, niña, por tu vida —dijo la señora vecina.

Y volviéndose al escudero, le dijo:

—Vos, señor Contreras ¿tendréis a mano algún real de a cuatro? Dádmele, que en viniendo el doctor mi marido os le volveré.

—Sí tengo —respondió Contreras—; pero téngole empeñado en veintidós maravedís que cené anoche. Dénmelos; que yo iré por él en volandas.

—No tenemos entre todas un cuarto —dijo doña Clara—, ¿y pedís veintidós maravedís? Andad, Contreras, que siempre fuistes impertinente .

Una doncella de las presentes, viendo la esterilidad de la casa, dijo a Preciosa:

—Niña, ¿hará algo al caso que se haga la cruz con un dedal de plata?

—Antes —respondió Preciosa— se hacen las cruces mejores del mundo con dedales de plata, como sean muchos.

—Uno tengo yo —replicó la doncella—; si éste basta, hele aquí, con condición que también se me ha de decir a mí la buenaventura.

—¡Por un dedal tantas buenaventuras! —dijo la gitana vieja—. Nieta, acaba presto; que se hace noche.

Tomó Preciosa el dedal, y la mano de la señora tenienta, y dijo:

> Hermosita, hermosita,
> la de las manos de plata,
> más te quiere tu marido
> que al rey de las Alpujarras.
>
> Eres paloma sin hiel;
> pero a veces eres brava
> como leona de Orán
> o como tigre de Ocaña.
>
> Pero en un tras, en un tris,
> el enojo se te pasa,
> y quedas como alfeñique,
> o como cordera mansa.
>
> Riñes mucho, y comes poco:
> algo celosita andas;
> que es juguetón el tiniente,
> y quiere arrimar la vara.

Cuando doncella, te quiso
uno de una buena cara;
que mal hayan los terceros,
que los gustos desbaratan.

Si a dicha tú fueras monja,
hoy tu convento mandaras,
porque tienes de abadesa
más de cuatrocientas rayas.

No te lo quiero decir..;
pero poco importa; vaya:
enviudarás otra vez,
y otras dos serás casada.

No llores, señora mía;
que no siempre las gitanas
decimos el Evangelio;
no llores, señora; acaba.

Como te mueras primero
que el señor tiniente, basta
para remediar el daño
de la viudez que amenaza.

Has de heredar, y muy presto,
hacienda en mucha abundancia;
tendrás un hijo canónigo;
la iglesia no se señala.

De Toledo no es posible.
Una hija rubia y blanca
tendrás, que si es religiosa,
también vendrá a ser prelada.

Si tu esposo no se muere
dentro de cuatro semanas,
verásle corregidor
de Burgos o Salamanca.

Un lunar tienes, ¡qué lindo!
¡Ay, Jesús, qué luna clara!
¡Qué sol, que allá en los antípodas
oscuros valles aclara!

Más de dos ciegos por verle
dieran más de cuatro blancas.
¡Agora sí es la risica!
¡Ay, que bien haya esa gracia!

Guárdate de las caídas,
principalmente de espaldas;
que suelen ser peligrosas
en las principales damas.

Cosas hay más que decirte;
si para el viernes me aguardas,
las oirás; que son de gusto
y algunas hay de desgracias.

Acabó su buenaventura Preciosa, y con ella encendió el deseo de todas las circunstantes en querer saber la suya, y así se lo rogaron todas; pero ella les remitió para el viernes venidero, prometiéndoles que tendrían reales de plata para hacer las cruces.

En esto vino el señor teniente, a quien contaron maravillas de la gitanilla. Él las hizo bailar un poco, y confirmó por verdaderas y bien dadas las alabanzas que a Preciosa habían dado; y poniendo la mano en la faldriquera, hizo señal de querer darle algo; y habiéndola espulgado y sacudido, y rascado muchas veces, al cabo sacó la mano vacía y dijo:

—¡Por Dios que no tengo blanca! Dadle vos, doña Clara, un real a Preciosica, que yo os le daré después.

—¡Bueno es eso, señor, por cierto! ¡Sí, ahí está el real de manifiesto! No hemos tenido entre toda nosotras un cuarto para hacer la señal de la cruz, ¿y quiere que tengamos un real?

—¡Pues dadle alguna valoncica vuestra, o alguna cosa; que otro día nos volverá a ver Preciosa, y la regalaremos mejor.

A lo cual dijo doña Clara:

—Pues porque otra vez venga, no quiero dar nada ahora a Preciosa.

—Antes si no me dan nada —dijo Preciosa—, nunca más volveré acá. Mas, sí, volveré a servir a tan principales señores; pero traeré tragado que no me han de dar nada, y ahorraréme la fatiga del esperarlo. Coheche vuesa merced, señor teniente; coheche tendrá dineros, y no haga usos nuevos, que morirá de hambre. Mire, señor: por ahí he oído decir, y aunque moza, entiendo que no son buenos dichos, que de los oficios se ha de sacar dinero para pagar las condenaciones de las residencias y para pretender otros cargos.

—Así lo dicen y lo hacen los desalmados —replicó el teniente—; pero el juez que da buena residencia, no tendrá que pagar condenación alguna, y el haber usado bien su oficio, será el vale para que le den otro.

—Habla vuesa merced muy a lo santo, señor teniente —respondió Preciosa—; ándese a eso y cortarémosle de los harapos para reliquias.

—Mucho sabes, Preciosa —dijo el teniente—. Calla, que yo daré traza que sus majestades te vean, porque eres pieza de reyes.

—Querránme para truhana —respondió Preciosa—, y yo no lo sabré ser, y todo irá perdido. Si me quisiesen para discreta, aún llevarme habrían; pero en algunos palacios más medran los truhanes que los discretos. Yo me hallo bien con ser gitana y pobre, y corra la suerte por donde el cielo quisiere.

—Ea, niña —dijo la gitana vieja—, no hables más; que has hablado mucho, y sabes más de lo que yo te he enseñado. No te asotiles tanto, que te despuntarás. Habla de aquello que tus años permiten y no te metas en altanerías; que no hay ninguna que no amenace caída.

—¡El diablo tienen estas gitanas en el cuerpo! —dijo a esta sazón el teniente.

Despidiéronse las gitanas, y al irse, la doncella dijo del dedal.

—Preciosa, dime la buenaventura, o vuélveme mi dedal; que no me queda con qué hacer labor.

—Señora doncella —respondió Preciosa—, haga cuenta que se la he dicho, y provéase de otro dedal, o no haga vainillas hasta el viernes, que yo volveré y le diré más venturas y aventuras que las que tiene un libro de caballerías.

Fuéronse y juntáronse con las muchas labradoras que a la hora de las avemarías suelen salir de Madrid para volverse a sus aldeas, y entre otras vuelven muchas, con quien siempre se acompañaban las gitanas, y volvían seguras. Porque la gitana vieja vivía en continuo temor no le salteasen a su Preciosa.

Sucedió, pues, que la mañana de un día que volvían a Madrid a coger la limosna con las demás gitanillas, en un valle pequeño que está obra de quinientos pasos antes que se llegue a la villa, vieron un mancebo gallardo y ricamente aderezado de camino. La espada y daga que traía eran, como decir se suele, un ascua de oro; sombrero con rico cintillo y con plumas de diversos colores adornado. Repararon las gitanas en viéndole, y pusiéronsele a mirar muy despacio, admiradas de que a tales horas un tan hermoso marcebo estuviese en tal lugar, a pie y solo.

Él se llegó a ellas, y hablando con la gitana mayor, le dijo:

—Por vida vuestra, amiga, que me hagáis placer que vos y Preciosa me oyáis aquí aparte dos palabras, que serán de vuestro provecho.

—Como no nos desviemos mucho, ni nos tardemos mucho, sea en buena hora —respondió la vieja.

Y llamando a Preciosa, se desviaron de las otras obra de veinte pasos, y así, en pie como estaban, el mancebo les dijo:

—Yo vengo de manera rendido a la discreción y belleza de Preciosa, que después de haberme hecho mucha fuerza para excusar llegar a este punto, al cabo he quedado más rendido y más imposibilitado de excusarlo. Yo, señoras mí, (que siempre os he de dar este nombre, si el cielo mi pretensión favorece), soy caballero, como lo puede mostrar el hábito —y apartando el herreruelo, descubrió en el pecho uno de los más calificados que hay en España—; soy hijo de Fulano (que por buenos respetos aquí no se declara su nombre); estoy debajo de su tutela y amparo. Soy hijo único y el que espera un razonable mayorazgo. Mi padre está aquí, en la Corte, pretendiendo un cargo, y ya está consultado, y tiene casi ciertas esperanzas de salir con él. Y con ser de la calidad y nobleza que os he referido, y de la que casi se os debe ya de ir trasluciendo, con todo eso quisiera ser un gran señor para levantar a mi grandeza la humildad de Preciosa, haciéndola mi igual y mi señora. Yo no la pretendo para burlarla, ni en las veras del amor que la tengo puede caber género de burla alguna. Sólo quiero servirla del modo que ella más gustare: su voluntad es la mía. Pero con ella es de cera mi alma, donde podrá imprimir lo que quisiere, y para conservarlo y guardarlo no será como impreso en cera, sino como esculpido en mármoles, cuya dureza se opone a la duración de los tiempos. Si creéis esta verdad, no admitirá ningún desmayo mi esperanza; pero si no me creéis, siempre me tendrá temeroso vuestra duda. Mi nombre es éste –y díjoselo–. El de mi padre ya os le he dicho. La casa donde vive es en tal calle, y tiene tales y tales señas; vecinos tiene de quien podréis informaros, y aun de los que no son vecinos, también; que no es tan oscura la calidad y el nombre de mi padre y el mío, que no le sepan en patios de palacio, y aun en toda la Corte. Cien escudos traigo aquí en oro para daros en arras y señal de lo que pienso daros porque no ha de negar la hacienda el que da el alma.

En tanto que el caballero esto decía, le estaba mirando Preciosa atentamente, y sin duda que no le debieron de parecer mal ni sus razones ni su talle; y volviéndose a la vieja, le dijo:

–Perdóneme, abuela, de que me tomo licencia para responder a este tan enamorado señor.

–Responde lo que quisieres, nieta –respondió la vieja–; que yo sé que tienes discreción para todo.

Preciosa dijo:

–Yo, señor caballero, aunque soy gitana, pobre y humildemente nacida, tengo un cierto espiritillo fantástico acá dentro, que a grandes cosas me lleva. A mí ni me mueven promesas, ni me desmoronan dádivas, ni me inclinan sumisiones, ni me espantan finezas enamoradas; y aunque de quince años…, –que según la cuenta de mi abuela, para este San Miguel los haré–, soy ya vieja en los pensamientos y alcanzo más de aquello que mi edad promete, más por mi buen natural que por la experiencia. Pero con lo uno o con lo otro sé que las pasiones amorosas en los recién enamorados son como ímpetus indiscretos que hacen salir a la voluntad de sus quicios; la cual, atropellando inconvenientes, desatinadamente se arroja tras su deseo, y pensando dar con la gloria de sus ojos, da con el infierno de sus pesadumbres. Si alcanza lo que desea, mengua el deseo con la posesión de la cosa deseada, y quizá abriéndose entonces los ojos del entendimiento, se ve ser bien que se aborrezca lo que antes se adoraba. Este temor engendra en mí un recato tal, que ningunas palabras creo y de muchas obras dudo. Una sola joya tengo, que la estimo en más que a la vida, que es la de mi entereza y virginidad, y no la tengo de vender a precio de promesas ni dádivas, porque, en fin, será vendida; y si puede ser comprada, será de muy poca estima; ni me la han de llevar trazas ni embelecos; antes pienso irme con ella a la sepultura, y quizá al cielo, que ponerla en peligro que quimeras y fantasías soñadas la embistan o manoseen. Flor es la de la virginidad, que a ser posible, aun con la imaginación no había de dejar ofenderse. Cortada la rosa del rosal, ¡con qué brevedad y facilidad se marchita! Éste la toca, aquél la huele, el otro la deshoja y, finalmente, entre las manos rústicas se deshace. Si vos, señor, por sola esta prenda venís, no la habéis de llevar sino atada con las ligaduras y lazos del matrimonio. Que si la virginidad se ha de inclinar, ha de ser a este santo yugo; que entonces no sería perderla, sino emplearla en ferias que felices ganancias prometen. Si quisiéredes ser mi esposo, yo lo seré vuestra; pero han de preceder muchas condiciones y averiguaciones primero. Primero tengo de saber si sois el que decís; luego, hallando esta verdad, habéis de dejar la casa de vuestros padres y la habéis de trocar con nuestros ranchos, y tomando el traje de gitano, habéis de cursar dos años en nuestras escuelas, en el cual tiempo me satisfaré yo de vuestra condición y vos de la mía, al cabo del cual, si vos os contentáredes de mí, y yo de vos, me entregaré por vuestra esposa; pero hasta entonces tengo de ser vuestra hermana en el trato y vuestra humilde en serviros. Y habéis de considerar que en el tiempo de este noviciado podría ser que cobrásedes la vista, que ahora debéis de tener perdida o, por lo menos, turbada, y viésedes que os convenía huir de lo que ahora seguís con tanto ahínco; y cobrando la libertad perdida, con un buen arrepentimiento se perdona cualquier culpa. Si con estas condiciones queréis entrar a ser soldado de nuestra milicia, en vuestra mano está, pues faltando alguna de ellas no habéis de tocar un dedo de la mía.

Pasmóse el mozo a las razones de Preciosa, y púsose como embelesado, mirando al suelo, dando muestras que consideraba lo que responder debía.

Viendo lo cual Preciosa, tornó a decirle:

—No es este caso de tan poco momento, que en los que aquí nos ofrece el tiempo pueda ni deba resolverse. Volveos, señor, a la villa, y considerad despacio lo que viéredes que más os convenga, y en este mismo lugar me podéis hablar todas las fiestas que quisiéredes, al ir o venir de Madrid.

A lo cual respondió el gentilhombre:

—Cuando el cielo me dispuso para quererte, Preciosa mía determiné hacer por ti cuanto tu voluntad acertase a pedirme, aunque nunca cupo en mi pensamiento que me habías de pedir lo que me pides; pero, pues es tu gusto que el mío al tuyo ajuste y acomode, cuéntame por gitano, desde luego, y haz de mí todas las experiencias que más quisieres; que siempre me has de hallar el mismo que ahora te significo. Mira cuándo quieres que mude el traje, que yo querría que fuese luego; que con ocasión de ir a Flandes engañaré a mis padres y sacaré dineros para gastar algunos días, y serán hasta ocho los que podré tardar en acomodar mi partida. A los que fueren conmigo yo los sabré engañar de modo que salga con mi determinación. Lo que te pido es, si es que ya puedo tener atrevimiento de pedirte y suplicarte algo, que si no es hoy, donde te puedes informar de mi calidad y la de mis padres, que no vayas más a Madrid, porque no querría que alguna de las demasiadas ocasiones que allí pueden ofrecerse me salteasen la buena ventura que tanto me cuesta.

—Eso no, señor galán —respondió Preciosa—. Sepa que conmigo ha de andar siempre la libertad desenfadada, sin que la ahogue ni turbe la pesadumbre de los celos; y entienda que no la tomaré tan demasiada que no se eche de ver desde bien lejos, que llega mi honestidad a mi desenvoltura. Y en el primero cargo en que quiero enteraros es en el de la confianza que habéis de hacer de mí. Y mirad que los amantes que entran pidiendo celos, o son simples o confiados.

—Satanás tienes en tu pecho, muchacha —dijo a esta sazón la gitana vieja—. ¡Mira que dices cosas que no las diría un colegial de Salamanca! Tú sabes de amor, tú sabes de celos, tú, de confianzas: ¿cómo es esto?, que me tienes loca, y te estoy escuchando como a una persona espiritada, que habla latín sin saberlo.

—Calle, abuela —respondió Preciosa—, y sepa que todas las cosas que me oye son nonada y son de burlas, para las muchas que de más veras me quedan en el pecho.

Todo cuanto Preciosa decía, y toda la discreción que mostraba, era añadir leña al fuego que ardía en el pecho del enamorado caballero. Finalmente quedaron en que de allí a ocho días se verían en aquel mismo lugar, donde él vendría a dar cuenta del término en que sus negocios estaban, y ellas habrían tenido tiempo de informarse de la verdad que les había dicho.

Sacó el mozo una bolsilla de brocado, donde dijo que iban cien escudos de oro, y dióselos a la vieja; pero no quería Preciosa que los tomase en ninguna manera; a quien la gitana dijo:

—Calla, niña; que la mejor señal que este señor ha dado de estar rendido es haber entregado las armas en señal de rendimiento. Y el dar, en cualquiera ocasión que sea, siempre fue indicio de generoso pecho. Y acuérdate de aquel refrán que dice: "Al cielo rogando, y con el mazo dando". Y más, que no quiero yo que por mí pierdan las gitanas el nombre que por luengos siglos tienen adquirido de codicosas y aprovechadas. ¿Cien escudos quieres tú que deseche, Preciosa, y de oro en oro que pueden andar cosidos en la alforza de una saya que no valga dos reales, y tenerlos allí como quien tiene un juro sobre las hierbas de Extremadura? Si alguno de nuestros hijos, nietos o parientes cayere, por alguna desgracia, en manos de la justicia, ¿habrá favor tan bueno que llegue a la oreja del juez y del escribano, como estos escudos, si llegan a sus bolsas? Tres veces, por tres delitos diferentes, me he visto casi puesta en el asno para ser azotada, y de la una me libró un jarro de plata, y de la otra una sarta de perlas, y de la otra, cuarenta reales de a ocho, que había trocado por cuartos, dando veinte reales más por el cambio. Mira, niña, que andamos en oficio muy peligroso y lleno de tropiezos y de ocasiones forzosas, y no hay defensas que más presto nos amparen y socorran como las armas invencibles del gran Filipo; no hay pasar adelante de su *plus ultra*. Por un doblón de dos caras se nos muestra alegre la triste del procurador y de todos los ministros de la muerte, que son arpías de nosotras las pobres gitanas, y más precian pelarnos y desollarnos a nosotras que a un salteador de caminos; jamás, por más rotas y desastradas que nos vean, nos tienen por pobres; que dicen que somos como los jubones de los gabachos de Belmonte: rotos y grasientos, y llenos de doblones.

−Por vida suya, abuela, que no diga más; que lleva término de alegar tantas leyes en favor de quedarse con el dinero, que agote las de los emperadores: quédese con ellos y buen provecho le hagan, y plega a Dios que los entierre en sepultura donde jamás tornen a ver la claridad del sol, ni haya necesidad que la vean. A estas nuestras compañeras será forzoso darles algo, que ha mucho que nos esperan y ya deben estar enfadadas.

−Así verán ellas −replicó la vieja− moneda de éstas como ven al turco ahora. Ese buen señor verá si le ha quedado alguna moneda de plata, o cuartos, y los repartirá entre ellas, que con poco quedarán contentas.

−Sí traigo −dijo el galán.

Y sacó de la faldriquera tres reales de a ocho, que repartió entre las tres gitanillas, con que quedaron más alegres y más satisfechas que suele quedar un autor de comedias cuando, en competencia de otro, le suelen retular por las esquinas: "*victor, victor*".

En resolución concertaron, como se ha dicho, la venida de allí a ocho días, y que se había de llamar, cuando fuese gitano Andrés Caballero, porque también había gitanos entre ellos de este apellido.

No tuvo atrevimiento Andrés –que así le llamaremos de aquí adelante– de abrazar a Preciosa; antes enviándole con la vista el alma, sin ella, si así decirse puede, las dejó y se entró en Madrid y ellas, contentísimas, hicieron lo mismo. Preciosa, algo aficionada, más con benevolencia que con amor, de la gallarda disposición de Andrés, ya deseaba informarse si era el que había dicho. Entró en Madrid, y a pocas calles andadas encontró con el paje poeta de las coplas y el escudo.

Y cuando él la vio, se llegó a ella, diciendo:

–Vengas en buen hora, Preciosa. ¿Leíste por ventura las coplas que te di el otro día?

A lo que Preciosa respondió:

–Primero que le responda palabra, me ha de decir una verdad, por vida de lo que más quiere.

–Conjuro es ése –respondió el paje– que aunque el decirla me costase la vida, no la negaré en ninguna manera.

–Pues la verdad que quiero que me diga –dijo Preciosa– es si por ventura es poeta.

–Al serlo –replicó el paje–, forzosamente había de ser por ventura; pero has de saber, Preciosa, que ese nombre de poeta muy pocos le merecen, y así, yo no lo soy, sino un aficionado a la poesía; y para lo que he menester no voy a pedir ni a buscar versos ajenos. Los que te di son míos, y estos que te doy ahora también, mas no por esto soy poeta, ni Dios lo quiera.

–¿Tan malo es ser poeta? –replicó Preciosa.

–No es malo –dijo el paje–; pero el ser poeta a solas no lo tengo por muy bueno. Hase de usar la poesía como de una joya preciosísima, cuyo dueño no la trae cada día, ni la muestra a todas gentes, ni a cada paso, sino cuando convenga y sea razón que la muestre. La poesía es una bellísima doncella, casta, honesta, discreta, aguda, retirada, y que se contiene en los límites de la discreción más alta. Es amiga de la soledad;

las fuentes la entretienen; los prados la consuelan; los árboles la desenojan; las flores la alegran, y, finalmente, deleita y enseña a cuantos con ella comunican.

—Con todo eso —respondió Preciosa—, he oído decir que es pobrísima y que tiene algo de mendiga.

—Antes es al revés —dijo el paje—, porque no hay poeta que no sea rico, pues todos viven contentos con su estado, filosofía que alcanzan pocos. Pero, ¿qué te ha movido, Preciosa, a hacer esta pregunta?

—Hame movido —respondió Preciosa—, porque como yo tengo a todos o los más poetas por pobres, causóme maravilla aquel escudo de oro que me distes entre vuestros versos envuelto; mas ahora que sé que no sois poeta, sino aficionado de la poesía, podría ser que fuésedes rico, aunque lo dudo, a causa que por aquella parte que os toca de hacer coplas, se ha de desaguar cuanta hacienda tuviéredes; que no hay poeta según dicen, que sepa conservar la hacienda que tiene, ni granjear la que no tiene.

—Pues yo no soy de ésos —replicó el paje—. Versos hago, y no soy rico ni pobre; y sin sentirlo ni descontarlo, como hacen los genoveses sus convites, bien puedo dar un escudo, y dos, a quien yo quisiere. Tomad, preciosa perla, este segundo papel y este escudo que va en él, sin que os pongáis a pensar si soy poeta o no: sólo quiero que penséis y creáis que quien os da esto quisiera tener para daros las riquezas de Midas.

Y en esto, le dio un papel, y tentándole Preciosa, halló que dentro venía el escudo, y dijo:

—Este papel ha de vivir muchos años, porque trae dos almas consigo: una, la del escudo, y otra, la de los versos; que siempre vienen llenos de almas y corazones. Pero sepa, señor paje, que no quiero tantas almas conmigo, y si no saca la una, no haya miedo que reciba la otra: por poeta le quiero y no por dadivoso, y de esta manera tendremos amistad que dure; pues más aína puede faltar un escudo, por fuerte que sea, que la hechura de un romance.

—Pues así es —replicó el paje—, que quieres, Preciosa, que yo sea pobre por fuerza, no deseches el alma que en este papel te envío, y vuélveme el escudo; que como le toques con la mano le tendré por reliquia mientras la vida me durare.

Sacó Preciosa el escudo del papel, y quedóse con el papel, y no le quiso leer en la calle.

El paje se despidió y se fue contentísimo, creyendo que ya Preciosa quedaba rendida, pues con tanta afabilidad le había hablado.

Y como ella llevaba puesta la mira en buscar la casa del padre de Andrés, sin querer detenerse a bailar en ninguna parte, en poco espacio se puso en la calle do estaba, que ella muy bien sabía; y habiendo andado hasta la mitad, alzó los ojos a unos balcones de hierro dorados, que le habían dado por señas, y vio en ellos a un caballero de hasta edad de cincuenta años, con un hábito de cruz colorada en los pechos, de venerable gravedad y presencia; el cual, apenas también hubo visto a la gitanilla, cuando dijo:

—Subid, niñas; que aquí os darán limosna.

A esta voz acudieron al balcón otros tres caballeros, y entre ellos vino el enamorado Andrés, que cuando vio a Preciosa perdió la color y estuvo a punto de perder los sentidos: tanto fue el sobresalto que recibió con su visita.

Subieron las gitanillas todas, sino la grande, que se quedó abajo para informarse de los criados de las verdades de Andrés.

Al entrar las gitanillas en la sala, estaba diciendo el caballero anciano a los demás:

—Ésta debe de ser, sin duda, la gitanilla hermosa que dicen que anda por Madrid.

—Ella es —replicó Andrés—, y sin duda es la más hermosa criatura que se ha visto.

—Así lo dicen —dijo Preciosa (que lo oyó todo en entrando)—; pero en verdad que se deben de engañar en la mitad del justo precio. Bonita, bien creo que lo soy, pero tan hermosa como dicen, ni por pienso.

—¡Por vida de don Juanico, mi hijo —dijo el anciano—, que aún sois más hermosa de lo que dicen, linda gitana!

—¿Y quién es don Juanico, su hijo? —preguntó Preciosa

—Ese galán que está a vuestro lado —respondió el caballero.

—En verdad que pensé —dijo Preciosa— que juraba vuesa merced por algún niño de dos años. Mirad qué don Juanico, y qué brinco! A mi verdad que pudiera ya estar casado, y que según tiene unas rayas en la frente, no pasarán tres años sin que lo esté, y muy a su gusto, si es que desde aquí allá no se le pierde o se le trueca.

—¡Basta! —dijo uno de los presentes—. ¿Qué sabe la gitanilla de rayas?

En esto las tres gitanillas que iban con Preciosa, todas tres se arrimaron a un rincón de la sala, y cosiéndose las bocas unas con otras, se juntaron por no ser oídas.

Dijo la Cristina:

—Muchachas, éste es el caballero que nos dio esta mañana los tres reales de a ocho.

—Así es la verdad —respondieron ellas—; pero no se lo mentemos, ni le digamos nada si él no nos lo mienta: ¿qué sabemos si quiere encubrirse?

En tanto que esto entre las tres pasaba, respondió Preciosa a lo de las rayas:

—Lo que veo con los ojos, con el dedo lo adivino. Yo sé del señor don Juanico, sin rayas, que es algo enamoradizo, impetuoso y acelerado, y gran prometedor de cosas que parecen imposibles; y plegue a Dios que no sea mentirosito, que sería lo peor de todo. Un viaje ha de hacer ahora muy lejos de aquí, y uno piensa el bayo, y otro, el que le ensilla; el hombre pone y Dios dispone: quizá pensará que va a Oñez, y dará en Gamboa.

A esto respondió don Juan.

—En verdad, gitanica, que has acertado en muchas cosas de mi condición; pero en lo de ser mentiroso vas muy fuera de la verdad, porque me precio de decirla en todo acontecimiento. En lo del viaje largo, has acertado, pues, sin duda, siendo Dios servido, dentro de cuatro o cinco días me partiré a Flandes, aunque tú me amenazas que he de torcer el camino, y no querría que en él me sucediese algún desmán que lo estorbase.

—Calle, señorito —respondió Preciosa—, y encomiéndese a Dios; que todo se hará bien. Y sepa que yo no sé nada de lo que digo, y no es maravilla que como hablo mucho y a bulto, acierte en alguna cosa, y yo querría acertar en persuadirte a que no te partieses, sino que sosegases el pecho, y te estuvieses con tus padres, para darles buena vejez; porque no estoy bien con estas idas y venidas a Flandes, principalmente los mozos de tan tierna edad como la tuya. Déjate crecer un poco, para que puedas llevar los trabajos de la guerra, cuanto más que harta guerra tienes en tu casa: hartos combates amorosos te sobresaltan el pecho. Sosiega, sosiega, alborotadito, y mira lo que hace primero que te cases, y danos una limosnita por Dios y por quien tú eres; que en verdad que creo que eres bien nacido. Y si a esto se junta el ser verdadero, yo cantaré la gala al vencimiento de haber acertado en cuanto te he dicho.

—Otra vez te he dicho, niña —respondió el don Juan que había de ser Andrés Caballero—, que en todo aciertas, sino en el temor que tienes que no debo de ser muy verdadero; que en esto te engañas, sin alguna duda: la palabra que yo doy en el campo la cumpliré en la ciudad y adonde quiera, sin serme pedida; pues no se puede preciar de caballero quien toca en el vicio de mentiroso. Mi padre te dará limosna por Dios y por mí; que en verdad que esta mañana di cuanto tenía a unas damas, que a ser tan lisonjeras como hermosas, especialmente una de ellas, no me arriendo la ganancia.

Oyendo esto Cristina, con el recato de la otra vez, dijo a las demás gitanas:

—¡Ay, niñas! ¡Que me maten si no lo dice por los tres reales de a ocho que nos dio esta mañana!

—No es así —respondió una de las dos—, porque dijo que eran damas, y nosotras no lo somos; y siendo él tan verdadero como dice, no había de mentir en esto.

—No es mentira de tanta consideración —respondió Cristina— la que se dice sin perjuicio de nadie, y en provecho y crédito del que la dice; pero, con todo esto, veo que no nos da nada, ni nos manda bailar.

Subió en esto la gitana vieja, y dijo:

—Nieta, acaba; que es tarde y hay mucho que hacer y más que decir.

—¿Y qué hay, abuela? —preguntó Preciosa—. ¿Hay hijo o hija?

—Hijo, y muy lindo —respondió la vieja—. Ven, Preciosa, y oirás verdaderas maravillas.

—¡Plega a Dios que no muera de sobreparto! —dijo Preciosa.

—Todo se mirará muy bien —replicó la vieja—; cuanto más que hasta aquí todo ha sido parto derecho, y el infante es como un oro.

—¿Ha parido alguna señora? —preguntó el padre de Andrés Caballero.

—Sí, señor —respondió la gitana—; pero ha sido el parto tan secreto, que no le sabe sino Preciosa y yo, y otra persona; y así no podemos decir quién es.

—Ni aquí lo queremos saber —dijo uno de los presentes—; pero desdichada de aquella que en vuestras lenguas deposita su secreto y en vuestra ayuda pone su honra.

—No todas somos malas —respondió Preciosa—. Quizá hay alguna entre nosotras que se precia de secreta y de verdadera tanto cuanto el hombre más estirado que hay en esta sala. Y vámonos, abuela, que aquí nos tienen en poco ¡Pues en verdad que no somos ladronas ni rogamos a nadie!

—No os enojéis, Preciosa —dijo el padre; que a lo menos de vos imagino que no se puede presumir cosa mala; que vuestro buen rostro os acredita y sale por fiador de vuestras buenas obras. Por vida de Preciosita que bailéis un poco con vuestras compañeras; que aquí tengo un doblón de oro de a dos caras, que ninguna es como la vuestra, aunque son de dos reyes.

Apenas hubo oído esto la vieja, cuando dijo:

—¡Ea, niñas, haldas en cinta, y dad contento a estos señores!

Tomó las sonajas Preciosa, y dieron sus vueltas, hicieron y deshicieron todos sus lazos, con tanto donaire y desenvoltura que tras los pies se llevaban los ojos de cuantos las miraban, especialmente los de Andrés, que así se iban entre los pies de Preciosa, como si allí tuvieran el centro de su gloria; pero turbósela la suerte de manera que se la volvió en infierno. Y fue el caso que en la fuga del baile se le cayó a Preciosa el papel que le había dado el paje, y apenas hubo caído, cuando le alzó el que no tenía buen concepto de las gitanas, y abriéndole al punto, dijo:

—¡Bueno! ¡Sonetico tenemos! ¡Cese el baile, y escúchenle; que según el primer verso, en verdad que no es nada necio!

Pesóle a Preciosa, por no saber lo que en él venía, y rogó que no le leyesen y que se le volviesen, y todo el ahínco que en esto ponía eran espuelas que apremiaban el deseo de Andrés para oírle.

Finalmente, el caballero le leyó en alta voz y era éste:

Cuando Preciosa el panderete toca
y hiere el dulce son los aires vanos,
perlas son que derrama con las manos;
flores son que despide de la boca.

Suspensa el alma, y la cordura loca,
queda a los dulces actos sobrehumanos,
que de limpios, de honestos y de sanos,
su fama al cielo levantado toca.

Colgadas del menor de sus cabellos
mil almas lleva, y a sus plantas tiene
amor rendidas una y otra flecha.

Ciega y alumbra con sus soles bellos
su imperio amor por ellos le mantiene
y aun más gandezas de su ser sospecha.

—Por Dios —dijo el que leyó el soneto—, que tiene donaire el poeta que le escribió.

—No es poeta, señor, sino un paje muy galán y muy hombre de bien —dijo Preciosa.

—Mirad lo que habéis dicho, Preciosa, y lo que vais a decir; que ésas no son alabanzas del paje, sino lanzas que traspasan el corazón de Andrés que las escucha. ¿Queréislo ver, niña? Pues volved los ojos y veréisle desmayado encima de la silla, con un trasudor de muerte. No penséis, doncella, que os ama

56

tan de burlas Andrés, que no le hiera y sobresalte el menor de vuestros descuidos. Llegaos a él enhorabuena, y decidle algunas palabras al oído que vayan derechas al corazón y le vuelvan de su desmayo. ¡No, sino andaos a traer sonetos cada día en vuestra alabanza, y veréis cuál os le ponen!

Todo esto pasó así como se ha dicho: que Andrés, oyendo el soneto, mil celosas imaginaciones le sobresaltaron. No se desmayó, pero perdió la color de manera que, viéndole su padre, le dijo:

—¿Qué tienes, don Juan, que parece que te vas a desmayar, según se te ha mudado el color?

—Espérense —dijo a esta sazón Preciosa—. Déjenmele decir unas ciertas palabras al oído, y verán cómo no se desmaya.

Y llegándose a él le dijo, casi sin mover los labios.

—¡Gentil ánimo para gitano! ¿Cómo podréis, Andrés, sufrir el tormento de toca, pues no podéis llevar el de un papel?

Y haciéndole media docena de cruces sobre el corazón se apartó de él, y entonces Andrés respiró un poco, y dio a entender que las palabras de Preciosa le habían aprovechado.

Finalmente, el doblón de dos caras se le dieron a Preciosa, y ella dijo a sus compañeras que le trocaría y repartiría con ellas hidalgamente. El padre de Andrés le dijo que le dejase por escrito las palabras que había dicho a don Juan, que las quería saber en todo caso. Ella dijo que las diría de muy buena gana, y que entendiesen que, aunque parecían cosa de burla, tenían gracia especial para preservar el mal de corazón y los vaguidos de cabeza, y que las palabras eran:

Cabecita, cabecita,
tente en ti, no te resbales
y apareja dos puntales
de la paciencia bendita.
solicita
la bonita
confiancita;
no te inclines
a pensamientos ruïnes;

verás cosas
que toquen en milagrosas,
dios delante
y San Cristóbal gigante.

—Con la mitad de estas palabras que le digan, y con seis cruces que le hagan sobre el corazón a la persona que tuviere vaguidos de cabeza —dijo Preciosa— quedará como una manzana.

Cuando la gitana vieja oyó el ensalmo y el embuste, quedó pasmada, y más lo quedó Andrés, que vio que todo era invención de su agudo ingenio.

Quedáronse con el soneto, porque no quiso pedirle Preciosa, por no dar otro tártago a Andrés; que ya sabía ella, sin ser enseñada, lo que era dar sustos, martelos, y sobresaltos celosos a los rendidos amantes.

Despidiéronse las gitanas, y al irse, dijo Preciosa a don Juan:

—Mire, señor: cualquiera día de esta semana es próspero para partidas, y ninguno es aciago; apresure el irse lo más presto que pudiere; que le aguarda una vida ancha, libre y muy gustosa, si quiere acomodarse a ella.

—No es tan libre la del soldado, a mi parecer —respondió don Juan—, que no tenga más de sujeción que de libertad; pero con todo esto, haré como viere.

—Más veréis de lo que pensáis —respondió Preciosa—, y Dios os lleve y traiga con bien, como vuestra buena presencia merece.

Con estas últimas palabras quedó contento Andrés, y las gitanas se fueron contentísimas. Trocaron el doblón, repartiéronle entre todas igualmente, aunque la vieja guardiana llevaba siempre parte y media de lo que se juntaba, así por la mayoridad como por ser ella el aguja por quien se guiaban en el maremagno de sus bailes, donaires y aun de sus embustes.

Llegóse, en fin, el día en que Andrés Caballero se apareció una mañana en el primer lugar de su aparecimiento, sobre una mula de alquiler, sin criado alguno; halló en él a Preciosa y a su abuela, de las cuales conocido, le recibieron con mucho gusto. Él les dijo que le guiasen al rancho antes que entrase el día y con él se descubriesen las señas que llevaba, si acaso le buscasen. Ellas, que, como advertidas, vinieron solas, dieron la vuelta, y de allí a poco rato llegaron a sus barracas.

Entró Andrés en una, que era la mayor del rancho, y luego acudieron a verle diez o doce gitanos, todos mozos y todos gallardos y bien hechos, a quien ya la vieja había dado cuenta del nuevo compañero que les había de venir, sin tener necesidad de encomendarles el secreto; que, como ya se ha dicho, ellos le guardan con sagacidad y puntualidad nunca vista.

Echaron luego ojo a la mula, y dijo uno de ellos:

—Ésta se podrá vender el jueves en Toledo.

—Eso no —dijo Andrés—, porque no hay mula de alquiler que no sea conocida de todos los mozos de mulas que trajinan por España.

—¡Por Dios, señor Andrés! —dijo uno de los gitanos—. ¡Que aunque la mula tuviera más señales que las que han de preceder al día tremendo, aquí la transformáramos de manera que no la conociera la madre que la parió, ni el dueño que la ha criado!

—Con todo eso —respondió Andrés—, por esta vez se ha de seguir y tomar el parecer mío. A esta mula se le ha de dar muerte y ha de ser enterrada donde aun los huesos no parezcan.

—¡Pecado grande! —dijo otro gitano—. ¿A una inocente se ha de quitar la vida? No diga tal el buen Andrés, sino haga una cosa: mírela bien ahora, de manera que se le queden estampadas todas sus señales en la memoria, y déjenmela llevar a mí; y si de aquí a dos horas la conociere, que me lardeen como a negro fugitivo.

—En ninguna manera consentiré —dijo Andrés— que la mula no muera, aunque más me aseguren su transformación. Yo temo ser descubierto si a ella no la cubre la tierra. Y si se hace por el provecho que de venderla puede seguirse, no vengo tan desnudo a esta cofradía que no pueda pagar de entrada más de lo que valen cuatro mulas.

—Pues así lo quiere el señor Andrés Caballero —dijo otro gitano—, muera la sin culpa, y Dios sabe si me pesa, así por su mocedad, pues aún no ha cerrado, cosa no usada entre las mulas de alquiler; como porque debe ser andariega, pues no tiene costras en las ijadas ni llagas de la espuela.

Dilatóse su muerte hasta la noche, y en lo que quedaba de aquel día se hicieron las ceremonias de la entrada de Andrés a ser gitano, que fueron:

Desembarazaron luego un rancho de los mejores del aduar, y adornáronle de ramos y juncia; y sentándose Andrés sobre un medio alcornoque, pusiéronle en las manos un martillo y unas tenazas, y al son de dos guitarras que dos gitanos tañían, le hicieron dar dos cabriolas; luego le desnudaron un brazo, y con una cinta de seda nueva y un garrote le dieron dos vueltas blandamente.

A todo se halló presente Preciosa y otras muchas gitanas viejas y mozas, que las unas, con maravilla; otras, con amor, le miraban: tal era la gallarda disposición de Andrés, que hasta los gitanos le quedaron aficionadísimos.

Hechas, pues, las referidas ceremonias, un gitano viejo tomó por la mano a Preciosa, y puesto delante de Andrés, dijo:

—Esta muchacha, que es la flor y la nata de toda la hermosura de las gitanas que sabemos que viven en España, te la entregamos, ya por esposa o ya por amiga; que en esto puedes hacer lo que fuere más de tu gusto, porque la libre y ancha vida nuestra no está sujeta a melindres ni a muchas ceremonias. Mírala bien, y mira si te agrada, o si ves en ella alguna cosa que te descontente, y si la ves, escoge entre las doncellas que aquí están la que más te contentare, que la que escogieres te daremos; pero has de saber que una vez escogida no la has de dejar por otra, ni te has de empachar ni entremeter ni con las casadas ni con las doncellas. Nosotros guardamos inviolablemente la ley de la amistad: ninguno solicita la prenda del otro; libres vivimos de la amarga pestilencia de los celos. Entre nosotros, aunque hay muchos incestos, no hay ningún adulterio; y cuando le hay en mujer propia, o alguna bellaquería en la amiga, no vamos a la justicia a pedir castigo: nosotros somos los jueces y los verdugos de nuestras esposas o amigas; con la misma facilidad las matamos y las enterramos por las montañas y desiertos como si fueran animales nocivos: no hay pariente que las vengue, ni padres que nos pidan su muerte. Con este temor y miedo ellas procuran ser castas, y nosotros, como ya he dicho, vivimos seguros. Pocas cosas tenemos que no sean comunes a todos, excepto la mujer o la amiga, que queremos que cada una sea del que le cupo en suerte. Entre nosotros así hace divorcio la vejez como la muerte: el que quisiere puede dejar la mujer vieja como él sea mozo y escoger otra que corresponda al gusto de sus años. Con estas y con otras leyes y estatutos nos conservamos y vivimos alegres; somos señores de los campos, de los sembrados, de las selvas, de los montes, de las fuentes y de los ríos: los montes nos ofrecen leña de balde; los árboles, frutas; las viñas, uvas; las huertas hortalizas; las fuentes, agua; los ríos, peces, y los venados, caza; sombra, las peñas; aire fresco, las quiebras, y casas, las cuevas. Para nosotros las inclemencias del cielo son oreos; refrigerio, las nieves; baños, la lluvia; músicas, los truenos, y hachas, los relámpagos. Para nosotros son los duros terrenos colchones de blandas plumas. El cuero curtido de nuestros cuerpos nos sirve de arnés impenetrable que nos defiende; a nuestra ligereza no la impiden grillos, ni la detienen barrancos, ni la contrastan paredes; a nuestro ánimo no le tuercen cordeles, ni le menoscaban garruchas, ni le ahogan tocas, ni le doman potros. Del sí al no, no hacemos diferencia cuando nos conviene: siempre nos preciamos más de mártires que de confesores. Para nosotros se crían las bestias de carga en los campos y se cortan las faldriqueras en las ciudades. No hay águila ni ninguna otra ave de rapiña que más presto se abalance a la presa que se le ofrece, que nosotros nos abalanzamos a las ocasiones que algún interés nos señalen. Y finalmente tenemos muchas habilidades que felice fin nos prometen: porque en la cárcel cantamos, en el potro callamos, de día trabajamos y de noche hurtamos; o por mejor decir, avisamos que nadie viva descuidado de mirar donde pone su hacienda. No nos fatiga el temor de perder la honra, ni nos desvela la ambición de acrecentarla, ni sustentamos bandos, ni madrugamos a dar memoriales, ni a acompañar magnates, ni a solicitar favores. Por dorados techos y suntuosos palacios estimamos estas barracas y movibles ranchos; por cuadros y países de Flandes, los que nos da la naturaleza en esos levantados riscos y nevadas peñas; tendidos prados y espesos bosques que a cada paso a los ojos se nos muestran. Somos astrólogos rústicos, porque, como casi siempre dormimos al cielo descubierto, a todas horas sabemos las que son del día y las que son de la noche; vemos cómo arrincona y barre la aurora las estrellas del cielo, y cómo ella sale con su compañera el alba, alegrando el aire, enfriando el agua y humedeciendo la tierra, y luego, tras ella, el sol, *dorando cumbres,* como dijo el otro poeta, y *rizando montes*; ni tememos quedar helados por su ausencia cuando nos hiere a soslayo con sus rayos, ni quedar abrasados cuando con ellos perpendicularmente nos toca; un mismo rostro hacemos al sol que al hielo, a la esterilidad que a la abundancia. En conclusión, somos gente que vivimos por nuestra industria y pico, y sin entremeternos con el antiguo refrán: "iglesia, o mar, o casa real", tenemos lo que queremos, pues nos contentamos con lo que tenemos. Todo esto os he dicho, generoso mancebo, porque no ignoréis la vida a que habéis venido y el trato que habéis de profesar, el cual os he pintado aquí en borrón; que otras muchas e infinitas cosas iréis descubriendo en él con el tiempo, no menos dignas de consideración que las que habéis oído.

Calló en diciendo esto el elocuente viejo gitano, y el novicio dijo que se holgaba mucho de haber sabido tan loables estatutos, y que él pensaba hacer profesión en aquella orden tan puesta en razón y en políticos fundamentos, y que sólo le pesaba no haber venido más presto en conocimiento de tan alegre vida, y que desde aquel punto renunciaba la profesión de caballero y la vanagloria de su ilustre linaje, y lo ponía todo debajo del yugo o, por mejor decir, debajo de las leyes con que ellos vivían, pues con tan alta recompensa le satisfacían el deseo de servirlos, entregándole a la divina Preciosa, por quien él dejaría coronas e imperios, y sólo los desearía para servirla.

A lo cual respondió Preciosa:

—Puesto que estos señores legisladores han hallado por sus leyes que soy tuya, y que por tuya te me han entregado, yo he hallado por la ley de mi voluntad, que es la más fuerte de todas, que no quiero serlo si no es con las condiciones que antes que aquí vinieses entre los dos concertamos. Dos años has de vivir en nuestra compañía primero que de la mía goces, porque tú no te arrepientas por ligero, ni yo quede engañada por presurosa. Condiciones rompen leyes; las que te he puesto sabes: si las quisieres guardar, podrá ser que sea tuya y tú seas mío, y donde no, aún no es muerta la mula, tus vestidos están enteros, y de tu dinero no te falta un ardite: la ausencia que has hecho no ha sido aún de un día; que de lo que de él falta te puedes servir y dar lugar que consideres lo que más te conviene. Estos señores bien pueden entregarte mi cuerpo; pero no mi alma, que es libre, y nació libre, y ha de ser libre en tanto que yo quisiere. Si te quedas, te estimaré en mucho; si te vuelves, no te tendré en menos; porque, a mí parecer, los ímpetus amorosos corren a rienda suelta, hasta que encuentran con la razón o con el desengaño; y no quería yo que fueses tú para conmigo como es el cazador, que en alcanzando la liebre que sigue, la coge, y la deja, para correr tras otra que le huye. Ojos hay engañados que a la primera vista también les parece el oropel como el oro, pero a poco rato bien conocen la diferencia que hay de lo fino a lo falso. Esta mi hermosura que tú dices que tengo, que la estimas sobre el sol y la encareces sobre el oro, ¿qué sé yo si de cerca te parecerá sombra, y tocada, caerás en que es de alquimia? Dos años te doy de tiempo para que tantees y ponderes lo que será bien que escojas o será justo que deseches; que la prenda que una vez comprada, nadie se puede deshacer de ella sino con la muerte, bien es que haya tiempo, y mucho, para mirarla y remirarla, ver en ella las faltas o las virtudes que tiene; que yo no me rijo por la bárbara e insolente licencia que estos mis parientes se han tomado de dejar las mujeres, o castigarlas, cuando se les antoja; y como yo no pienso hacer cosa que llame al castigo, no quiero tomar compañía que por su gusto me deseche.

—Tienes razón, ¡oh Preciosa! —dijo a este punto Andrés—; y así, si quieres que asegure tus temores y menoscabe tus sospechas jurándote que no saldré un punto de las órdenes que me pusieres, mira qué juramento quieres que haga, o qué otra seguridad puedo darte; que a todo me hallarás dispuesto.

—Los juramentos y promesas que hace el cautivo porque le den libertad pocas veces se cumplen con ella —dijo Preciosa—; y así son, según pienso, los del amante; que, por conseguir su deseo, prometerá las alas de Mercurio y los rayos de Júpiter, como me prometió a mí un cierto poeta, y juraba por la laguna Estigia. No quiero juramentos, señor Andrés, ni quiero promesas. Sólo quiero remitirlo todo a la experiencia de este noviciado, y a mí se me quedará el cargo de guardarme, cuando vos le tuviéredes de ofenderme.

—Sea así —respondió Andrés—. Sola una cosa pido a estos señores y compañeros míos, y es que no me fuercen a que hurte ninguna cosa, por tiempo de un mes siquiera; porque me parece que no he de acertar a ser ladrón si antes no preceden muchas lecciones.

—Calla, hijo —dijo el gitano viejo—, que aquí te industriaremos de manera que salgas un águila en el oficio. Y cuando le sepas, has de gustar de él de modo que te comas las manos tras él. ¡Ya es cosa de burla salir vacío por la mañana y volver cargado a la noche al rancho!

—De azotes he visto yo volver algunos de esos vacíos —dijo Andrés.

—No se toman truchas, etcétera —replicó el viejo—. Todas las cosas de esta vida están sujetas a diversos peligros, y las acciones del ladrón, al de las galeras, azotes y horca. Pero no porque corra un navío tormenta o se anegue han de dejar los otros de navegar. ¡Bueno sería que porque la guerra come los hombres y los caballos, dejase de haber soldados! Cuanto más, que el ser azotado por justicia entre nosotros, es tener un hábito en las espaldas, que le parece mejor que si le trajese en los pechos, y de los buenos. El toque está en no acabar acoceando el aire en la flor de nuestra juventud y a los primeros delitos; que el mosqueo de las espaldas, ni el apalear el agua en las galeras, no lo estimamos, en un cacao. Hijo Andrés, reposad ahora en el nido debajo de nuestras alas; que a su tiempo os sacaremos a volar y en parte donde no volváis sin presa, y lo dicho: que os habéis de lamer los dedos tras cada hurto.

—Pues para recompensar —dijo Andrés— lo que yo podría hurtar en este tiempo que se me da de venia, quiero repartir doscientos escudos de oro entre todos los del rancho.

Apenas hubo dicho esto cuando arremetieron a él muchos gitanos, y levantándole en los brazos y sobre los hombros, le cantaban el "*víctor, víctor*" y "el grande Andrés", añadiendo: "¡Y viva, viva Preciosa, amada prenda suya!".

Las gitanas hicieron lo mismo con Preciosa, no sin envidia de Cristina y de otras gitanillas que se hallaron presentes. Que la envidia también se aloja en los aduares de los bárbaros y en las chozas de los pastores como en los palacios de príncipes, y esto de ver medrar al vecino, que me parece que no tiene más méritos que yo, fatiga.

Hecho esto, comieron lautamente. Repartióse el dinero prometido con equidad y justicia. Renováronse las alabanzas de Andrés y subieron al cielo la hermosura de Preciosa.

Llegó la noche, acocotaron la mula, y enterráronla de modo que quedó seguro Andrés de no ser por ella descubierto; y también enterraron con ella sus alhajas, como fueron silla, freno y cinchas, a uso de los indios, que sepultan con ellos sus más ricas preseas.

De todo lo que había visto y oído, y de los ingenios de los gitanos, quedó admirado Andrés, y con propósito de seguir y conseguir su empresa sin entremeterse nada en sus costumbres o, a lo menos, excusarlo por todas las vías que pudiese, pensando exentarse de la jurisdicción de obedecerlos en las cosas injustas que le mandasen a costa de su dinero.

Otro día les rogó Andrés que mudasen de sitio y se alejasen de Madrid, porque temía ser conocido si allí estaba. Ellos dijeron que ya tenían determinado irse a los montes de Toledo, y desde allí correr y garramar toda la tierra circunvecina.

Levantaron, pues, el rancho y diéronle a Andrés una pollina en que fuese; pero él no la quiso, sino irse a pie, sirviendo de lacayo a Preciosa, que sobre otra iba, ella, contentísima de ver cómo triunfaba de su gallardo escudero, y él ni más ni menos, de ver junto a sí a la que había hecho señora de su albedrío.

¡Oh, poderosa fuerza de este que llaman dulce dios de la amargura (título que le ha dado la ociosidad y el descuido nuestro), y con qué veras nos avasallas, y cuán sin respeto nos tratas! Caballero es Andrés, y mozo de muy buen entendimiento, criado casi toda su vida en la Corte y con el regalo de sus ricos padres, y desde ayer acá ha hecho tal mudanza, que engañó a sus criados y amigos, defraudó las esperanzas que sus padres en él tenían, dejó el camino de Flandes, donde había de ejercitar el valor de su persona y acrecentar la honra de su linaje, y se vino a postrar a los pies de una muchacha, y a ser su lacayo, que, puesto que hermosísima, en fin era gitana: privilegio de la hermosura, que trae al redopelo y por la melena a sus pies a la voluntad más exenta.

De allí a cuatro días llegaron a una aldea, dos leguas de Toledo, donde asentaron su aduar, dando primero algunas prendas de plata al alcalde del pueblo en fianzas de que en él ni en todo su término no hurtarían ninguna cosa.

Hecho esto, todas las gitanas viejas y algunas mozas, y los gitanos, se esparcieron por todos los lugares o, a lo menos, apartados por cuatro o cinco leguas de aquel donde habían asentado su real. Fue con ellos Andrés a tomar la primera lección de ladrón; pero, aunque le dieron muchas en aquella salida, ninguna se le asentó; antes correspondiendo a su buena sangre, con cada hurto que sus maestros hacían se le arrancaba el alma, y tal vez hubo que pagó de su dinero los hurtos que sus compañeros habían hecho, conmovido de las lágrimas de sus dueños. De lo cual los gitanos se desesperaban, diciendo que era contravenir a sus estatutos y ordenanzas, que prohibían la entrada a la caridad en sus pechos, la cual, en teniéndola, habían de dejar de ser ladrones, cosa que no les estaba bien en ninguna manera.

Viendo, pues, esto Andrés, dijo que él quería hurtar por sí solo, sin ir en compañía de nadie. Porque para huir del peligro tenía ligereza, y para acometerle no le faltaba el ánimo, así que el premio o el castigo de lo que hurtase quería que fuese sólo suyo.

Procuraron los gitanos disuadirle de este propósito, diciéndole que le podrían suceder ocasiones donde fuese necesaria la compañía, así para acometer como para defenderse, y que una persona sola no podía hacer grandes presas.

Pero, por más que dijeron, Andrés quiso ser ladrón solo y señero, con intención de apartarse de la cuadrilla y comprar por su dinero alguna cosa que pudiese decir que la había hurtado, y de este modo cargar lo menos que pudiese sobre su conciencia.

Usando, pues, de esta industria, en menos de un mes trajo más provecho a la compañía que trajeron cuatro de los más estirados ladrones de ella, de que no poco se holgaba Preciosa viendo a su tierno amante tan lindo y tan despejado ladrón; pero con todo eso estaba temerosa de alguna desgracia, que no quisiera ella verle en afrenta por todo el tesoro de Venecia, obligada a tenerle aquella buena voluntad por los muchos servicios y regalos que su Andrés le hacía.

Poco más de un mes se estuvieron en los términos de Toledo, donde hicieron su agosto, aunque era por el mes de septiembre, y desde allí se entraron en Extremadura, por ser tierra rica y caliente.

Pasaba Andrés con Preciosa honestos, discretos y enamorados coloquios, y ella poco a poco se iba enamorando de la discreción y buen trato de su amante, y él, del mismo modo, si pudiera crecer su amor, fuera creciendo: tal era la honestidad, discreción y belleza de su Preciosa. Adoquiera que llegaban, él se llevaba el precio y las apuestas de corredor y de saltar más que ninguno; jugaba a los bolos y a la pelota extremadamente, tiraba la barra con mucha fuerza y singular destreza. Finalmente, en poco tiempo voló su fama por toda Extremadura, y no había lugar donde no se hablase de la gallarda disposición del gitano Andrés Caballero y de sus gracias y habilidades, y al par de esta fama corría la de la hermosura de la gitanilla, y no había villa, lugar ni aldea donde no los llamasen para regocijar las fiestas votivas suyas o para otros particulares regocijos. De esta manera iba el aduar rico, próspero y contento, y los amantes gozosos con sólo mirarse.

Sucedió, pues, que teniendo el aduar entre unas encinas, algo apartado del camino real, oyeron una noche, casi a la mitad de ella, ladrar sus perros con mucho ahínco y más de lo que acostumbraban. Salieron algunos gitanos, y con ellos Andrés, a ver a quién ladraban, y vieron que se defendía de ellos un hombre vestido de blanco, a quien tenían dos perros asido de una pierna; llegaron y quitáronle, y uno de los gitanos le dijo:

—¿Quién diablos os trajo por aquí, hombre, a tales horas y tan fuera de camino? ¿Venís a hurtar por ventura? Porque en verdad que habéis llegado a buen puerto.

—No vengo a hurtar —respondió el mordido—; no sé si vengo o no fuera del camino, aunque bien veo que vengo descaminado. Pero decidme, señores, ¿está por aquí alguna venta o lugar donde pueda recogerme esta noche, y curarme de las heridas que vuestros perros me han hecho?

—No hay lugar ni venta donde podamos encaminaros —respondió Andrés—; mas para curar vuestras heridas y alojaros esta noche no os faltará comodidad en nuestros ranchos. Veníos con nosotros; que aunque somos gitanos, no lo parecemos en la caridad.

—Dios la use con vosotros —respondió el hombre—, y llevadme donde quisiéredes, que el dolor de esta pierna me fatiga mucho.

Llegóse a él Andrés y otro gitano caritativo (que aun entre los demonios hay unos peores que otros, y entre muchos malos hombres suele haber alguno bueno), y entre los dos le llevaron. Hacía la noche clara con la luna, de manera que pudieron ver que el hombre era mozo, de gentil rostro y talle. Venía vestido todo de lienzo blanco, y atravesada por las espaldas y ceñida a los pechos una como camisa o talega de lienzo. Llegaron a la barraca o toldo de Andrés, y con presteza encendieron lumbre y luz, y acudió luego la abuela de Preciosa a curar el herido, de quien ya le habían dado cuenta. Tomó algunos pelos de los perros, friólos en aceite, y lavando primero con vino dos mordeduras que tenía en la pierna izquierda, le puso los pelos con el aceite en ellas, y encima un poco de romero verde mascado; lióselo muy bien con paños limpios y santiguóle las heridas, y díjole:

—Dormid, amigo, que con el ayuda de Dios no será nada.

En tanto que curaban al herido, estaba Preciosa delante, estúvole mirando ahincadamente, y lo mismo hacía él a ella, de modo que Andrés echó de ver la atención con que el mozo la miraba; pero echólo a que la mucha hermosura de Preciosa se llevaba tras sí los ojos. En resolución, después de curado el mozo le dejaron solo sobre un lecho hecho de heno seco, y por entonces no quisieron preguntarle nada de su camino ni de otra cosa.

Apenas se apartaron de él cuando Preciosa llamó a Andrés aparte, y le dijo:

—¿Acuérdaste, Andrés, de un papel que se me cayó en tu casa cuando bailaba con mis compañeras, que según creo te dio un mal rato?

—Sí acuerdo —respondió Andrés—, y era un soneto en tu alabanza, y no malo.

—Pues has de saber, Andrés —replicó Preciosa—, que el que hizo aquel soneto es ese mozo mordido que dejamos en choza; y en ninguna manera me engaño, porque me habló en Madrid dos o tres veces, y aun me dio un romance muy bueno. Allí andaba, a mi parecer, como paje; mas no de los ordinarios, sino de los favorecidos de algún príncipe; y en verdad te digo, Andrés, que el mozo es discreto, y bien razonado, y sobremanera, honesto, y no sé qué pueda imaginar de esta su venida y en tal traje.

—¿Qué puedes imaginar, Preciosa? —respondió Andrés—. Ninguna otra cosa sino que la misma fuerza que a mí me ha hecho gitano le ha hecho a él parecer molinero, y venir a buscarte. ¡Ah, Preciosa Preciosa, y cómo se va descubriendo que te quieres preciar de tener más de un rendido! Y si esto es así, acábame a mí primero, y luego matarás a ese otro, y no quieras sacrificarnos juntos en las aras de tu engaño, por no decir de tu belleza.

—¡Válame Dios —respondió Preciosa—, Andrés, y cuán delicado andas, y cuán de un sotil cabello tienes colgadas tus esperanzas y mi crédito, pues con tanta facilidad te ha penetrado el alma la dura espada de los celos! Dime, Andrés si en esto hubiera artificio o engaño alguno, ¿no supiera yo callar y encubrir quién era este mozo? ¿Soy tan necia por ventura que te había de dar ocasión de poner en duda mi bondad y buen término? Calla, Andrés, por tu vida, y mañana procura sacar del pecho de este tu asombro adónde va o a lo que viene. Podría ser que estuviese engañada tu sospecha, como yo no lo estoy de que sea el que he dicho. Y para más satisfacción tuya, pues ya he llegado a término de satisfacerte, de cualquiera manera y con cualquiera intención que ese mozo venga, despídele luego y haz que se vaya; pues todos los de nuestra parcialidad te obedecen, y no habrá ninguno que contra tu voluntad le quiera dar acogida en su rancho; y cuando esto así no suceda, yo te doy mi palabra de no salir del mío, ni dejarme ver de sus ojos, ni de todos aquellos que tú quisieres que no me vean. Y prosiguiendo adelante, dijo: Mira, Andrés, no me pesa a mí de verte celoso; pero pesarme ha mucho si te veo indiscreto.

—Como no me veas loco, Preciosa —respondió Andrés—, cualquiera otra demostración será poca o ninguna para dar a entender adónde llega y cuánto fatiga la amarga y dura presunción de los celos. Pero, con todo eso, yo haré lo que me mandas y sabré, si es que es posible, qué es lo que este señor paje poeta quiere, dónde va o qué es lo que busca; que podría ser que por algún hilo que sin cuidado muestre sacase yo todo el ovillo con que temo viene a enredarme.

—Nunca los celos, a lo que imagino —dijo Preciosa—, dejan el entendimiento libre para que pueda juzgar las cosas como ellas son: siempre miran los celosos con antojos de allende, que hacen las cosas pequeñas grandes; los enanos, gigantes, y las sospechas, verdades. Por vida tuya y por la mía, Andrés, que procedas en esto y en todo lo que tocare a nuestros conciertos cuerda y discretamente; que si así lo hicieres, sé que me has de conceder la palma de honesta y recatada, y de verdadera en todo extremo.

Con esto se despidió de Andrés, y él se quedó esperando el día para tomar la confesión al herido, llena de turbación el alma y de mil contrarias imaginaciones. No podía creer sino que aquel paje había venido allí atraído de la hermosura de Preciosa; porque piensa el ladrón que todos son de su condición. Por otra parte, la satisfacción que Preciosa le había dado le parecía ser de tanta fuerza, que le obligaba a vivir seguro y a dejar en las manos de su bondad toda su ventura.

Llegóse el día (que a él le pareció haberse tardado más que otras veces), visitó al mordido, preguntóle cómo se llamaba, y adónde iba, y cómo caminaba tan tarde y tan fuera de camino; aunque primero le preguntó cómo estaba, y si se sentía sin dolor de las mordeduras.

A lo cual respondió el mozo que se hallaba mejor y sin dolor alguno, y de manera que podría ponerse en camino. A lo de decir su nombre y adónde iba, no dijo otra cosa sino que se llamaba Alonso Hurtado y que iba a Nuestra Señora de la Peña de Francia a un cierto negocio, y que por llegar con brevedad caminaba de noche, y que la pasada había perdido el camino, y acaso había dado con aquel aduar, donde los perros que le guardaban le habían puesto del modo que había visto.

No le pareció a Andrés legítima esta declaración, sino muy bastarda, y de nuevo volvieron a hacerle cosquillas en el alma sus sospechas, y así le dijo:

—Hermano, si yo fuera juez y vos hubiérades caído debajo de mi jurisdicción por algún delito, el cual pidiera que se os hicieran las preguntas que yo os he hecho, la respuesta que me habéis dado obligara a que os apretara los cordeles. Yo no quiero saber quién sois, cómo os llamáis o adónde vais, pero adviértoos que si os conviene mentir en este vuestro viaje, mintáis con más apariencia de verdad. Decís que vais a la Peña de Francia, y dejáisla a la mano derecha, más atrás de este lugar, donde estamos bien treinta leguas; camináis de noche para llegar presto, y vais fuera de camino por entre bosques y encinares que no tienen sendas apenas, cuanto más caminos. Amigo, levantaos y aprended a mentir, y andad enhorabuena. Pero por este buen aviso que os doy, ¿no me diréis una verdad? Que sí diréis, pues tan mal sabéis mentir. Decidme: ¿sois por ventura uno que yo he visto muchas veces en la Corte, entre paje y caballero, que tenía fama de ser gran poeta, uno que hizo un romance y un soneto a una gitanilla que los días pasados andaba por Madrid, que era tenida por singular en la belleza? Decídmelo; que yo os prometo por la fe de caballero gitano de guardaros todo el secreto que vos viéredes que os conviene. Mirad que el negarme la verdad de que no sois el que yo digo, no llevaría camino, porque este rostro que yo veo aquí es el propio que vi en Madrid. Sin duda alguna que la gran fama de vuestro entendimiento me hizo muchas veces que os mirase como a hombre raro e insigne, y así se me quedó tan estampada en la memoria vuestra figura, que os he venido a conocer por ella, aun puesto en el diferente traje en que estáis ahora del en que os vi entonces. No os turbéis, animaos y no penséis que habéis llegado a un pueblo de ladrones, sino a un asilo que os sabrá guardar y defender de todo el mundo. Mirad, yo imagino una cosa, y si es así como lo imagino, vos habéis topado con vuestra suerte en haber encontrado conmigo. Lo que imagino es que, enamorado de Preciosa, aquella hermosa gitanica a quien hicisteis los versos, habéis venido a buscarla, por lo que yo no os tendré en menos, sino en mucho más; que, aunque gitano, la experiencia me ha mostrado adónde se extiende la poderosa fuerza de amor y las transformaciones que hace hacer a los que coge debajo de su jurisdicción y mando. Si esto es así como creo que sin duda lo es, aquí está la gitanica.

–Sí, aquí está; que yo la vi noche –dijo el mordido.

Razón con que Andrés quedó como difunto, pareciéndole que había salido al cabo con la confirmación de sus sospechas.

—Anoche la vi —tornó a referir el mozo—; pero no me atrevía a decirle quién era, porque no me convenía.

—De esta manera —dijo Andrés—, ¿vos sois el poeta que yo he dicho?

—Sí soy —replicó el mancebo—; que no lo puedo ni lo quiero negar. Quizá podría ser que donde he pensado perderme hubiese venido a ganarme, si es que hay fidelidad en las selvas y buen acogimiento en los montes.

—Hayle sin duda —respondió Andrés—, y entre nosotros los gitanos, el mayor secreto del mundo. Con esta confianza podéis, señor, descubrirme vuestro pecho; porque hallaréis en el mío lo que veréis sin doblez alguno. La gitanilla es parienta mía, y está sujeta a lo que yo quisiere hacer de ella. Si la quisiéredes por esposa, yo y todos sus parientes gustaremos de ello, y lo tendremos por bien; y si por amiga, no usaremos de ningún melindre, con tal que tengáis dineros, porque la codicia por jamás sale de nuestros ranchos.

—Dineros traigo —respondió el mozo—; en estas mangas de camisa que traigo ceñida por el cuerpo vienen cuatrocientos escudos de oro.

Este fue otro susto mortal que recibió Andrés, viendo que el traer tanto dinero no era sino para conquistar o comprar su prenda; y con lengua ya turbada, dijo:

—Buena cantidad es ésa; no hay sino descubriros, y manos a la labor; que la muchacha, que no es nada boba, verá cuán bien le está ser vuestra.

—¡Ay, amigo! —dijo a esta sazón el mozo—. Quiero que sepáis que la fuerza que me ha hecho mudar de traje no es la de amor que vos decís ni de desear a Preciosa; que hermosas tiene Madrid que pueden y saben robar los corazones y rendir las almas tan bien y mejor que las más hermosas gitanas, puesto que confieso que la hermosura de vuestra parienta a todas las que yo he visto se aventaja. Quien me tiene en este traje, a pie y mordido de perros, no es amor, sino desgracia mía.

Con estas razones que el mozo iba diciendo iba Andrés cobrando los espíritus perdidos, pareciéndole que se encaminaban a otro paradero del que se imaginaba. Y deseoso de salir de aquella confusión volvió a reforzarle la seguridad con que podía descubrirse.

Y así, el prosiguió diciendo:

—Yo estaba en Madrid en casa de un título, a quien servía no como a señor, sino como a pariente. Este tenía un hijo único, heredero suyo, el cual, así por el parentesco como por ser ambos de una edad y de una condición misma, me trataba con familiaridad y amistad grande. Sucedió que este caballero se enamoró de una doncella principal, a quien él escogiera de bonísima gana para su esposa, si no tuviera la voluntad sujeta como buen hijo a la de sus padres, que aspiraban a casarle más altamente; pero, con todo eso, la servía a hurto de todos los ojos que pudieran con las lenguas sacar a la plaza sus deseos. Sólo los míos eran testigos de sus intentos. Y una noche, que debía de haber escogido la desgracia para el caso que ahora os diré, pasando los dos por la puerta y calle de esta señora, vimos arrimados a ella dos hombres, al parecer de buen talle. Quiso reconocerlos mi pariente, y apenas se encaminó hacia ellos, cuando echaron con mucha ligereza mano a las espadas y a dos broqueles, y se vinieron a nosotros, que hicimos lo mismo, y con iguales armas nos acometimos. Duró poco la pendencia, porque no duró mucho la vida de los dos contrarios, que de dos estocadas que guiaron los celos de mi pariente y la defensa que yo le hacía, la perdieron, caso extraño y pocas veces visto. Triunfando, pues, de lo que aquí no quisiéramos, volvimos a casa, y secretamente, tomando todos los dineros que pudimos, nos fuimos a San Jerónimo, esperando el día que se descubriese lo sucedido y las presunciones que se tenían de los matadores. Supimos que de nosotros no había indicio alguno y aconsejáronnos los prudentes religiosos que nos volviésemos a casa y que no diésemos ni despertásemos con nuestra ausencia alguna sospecha contra nosotros; y ya que estábamos determinados de seguir su parecer, nos avisaron que los señores alcaldes de Corte habían preso en su casa a los padres de la doncella y a la misma doncella, y que entre otros criados a quien tomaron la confesión, una criada de la señora dijo cómo mi pariente paseaba a su señora de noche y de día; y que con este indicio habían acudido a buscarnos, y no hallándonos, sino muchas señales de nuestra fuga, se confirmó en toda la Corte ser nosotros los matadores de aquellos dos caballeros, que lo eran, y muy principales. Finalmente, con parecer del conde mi pariente y del de los religiosos, después de quince días que estuvimos escondidos en el monasterio, mi camarada, en hábito de fraile, con fraile se fue la vuelta de Aragón, con intención de pasarse a Italia, y desde allí, a Flandes, hasta ver en qué paraba el caso. Yo quise dividir y apartar nuestra fortuna, y que no corriese nuestra suerte por una misma derrota: seguí otro camino diferente del suyo, y en hábito de mozo de fraile, a pie, salí con un religioso, que me dejó en Talavera. Desde allí a aquí he venido solo y fuera de camino, hasta que anoche llegué a este encinar, donde me ha sucedido lo que habéis visto. Y si pregunté por el camino de la Peña de Francia fue por responder algo a lo que se me preguntaba; que en verdad que no sé dónde cae la peña de Francia puesto que sé que está más arriba de Salamanca.

—Así es verdad —replicó Andrés—, que ya la dejáis a mano derecha, casi veinte leguas de aquí; porque veáis cuán derecho camino llevábades si allá fuérades.

—El que yo pensaba llevar —respondió el mozo— no es sino a Sevilla; que allí tengo un caballero genovés, grande amigo del conde mi pariente, que suele enviar a Génova gran cantidad de plata, y llevo designio que me acomode con los que la suelen llevar, como uno de ellos, y con esta estratagema seguramente podré pasar hasta Cartagena, y de allí, a Italia, porque han de venir dos galeras muy presto a embarcar esta plata. Esta es, buen amigo, mi historia: mirad si puedo decir que nace más de desgracia pura que de amores agudos. Pero si estos señores gitanos quisiesen llevarme en su compañía hasta Sevilla, si es que van allá yo se lo pagaría muy bien; que me doy a entender que en su compañía iría más seguro, y no con el temor que llevo.

—Sí llevarán —respondió Andrés—; y si no fuéredes en nuestro aduar, porque hasta ahora no sé si va al Andalucía, iréis en otro que creo que habemos de topar dentro de dos o tres días, y con darles algo de lo que lleváis facilitaréis con ellos otros imposibles mayores.

Dejóle Andrés, y vino a dar cuenta a los demás gitanos de lo que el mozo le había contado y de lo que pretendía, con el ofrecimiento que hacía de la buena paga y recompensa. Todos fueron de parecer que se quedase en el aduar. Sólo Preciosa tuvo el contrario. Y la abuela dijo que ella no podía ir a Sevilla ni a sus contornos a causa que los años pasados había hecho una burla en Sevilla a un gorrero llamado Triguillos, muy conocido en ella, al cual le había hecho meter en una tinaja de agua hasta el cuello, desnudo en carnes, y en la cabeza puesta una corona de ciprés, esperando el filo de la medianoche, para salir de la tinaja a cavar y sacar un gran tesoro que ella le había hecho creer que estaba en cierta parte de su casa. Dijo que como oyó el buen gorrero tocar a maitines, por no perder la coyuntura, se dio tanta prisa a salir de la tinaja que dio con ella y con él en el suelo, y con el golpe y con los cascos se magulló las carnes, derramándose el agua, y él quedó nadando en ella y dando voces que se anegaba. Acudieron su mujer y sus vecinos con luces y halláronle haciendo efectos de nadador, soplando y arrastrando la barriga por el suelo y meneando brazos y piernas con mucha prisa, y diciendo a grandes voces; "¡Socorro, señores, que me ahogo!". Tal le tenía el miedo que verdaderamente pensó que se ahogaba. Abrazáronse con él, sacáronle de aquel peligro, volvió en sí, contó la burla de la gitana... "y con todo eso, cavó en la parte señalada más de un estado en hondo, a pesar de todos cuantos le decían que era embuste mío; y si no se lo estorbara un vecino suyo, que tocaba ya en los cimientos de su casa, él diera con entrambas en el suelo, si le dejaran cavar todo cuanto él quisiera. Súpose este cuento por toda la ciudad, y hasta los muchachos le señalaban con el dedo y contaban su credulidad y mi embuste".

Esto contó la gitana vieja, y esto dio por excusa para no ir a Sevilla. Los gitanos, que ya sabían de Andrés Caballero que el mozo traía dineros en cantidad, con facilidad le acogieron en su compañía y se ofrecieron de guardarle y encubrirle todo el tiempo que él quisiese, y determinaron de torcer el camino a mano izquierda, y entrarse en la Mancha, y en el reino de Murcia. Llamaron al mozo y diéronle cuenta de lo que pensaban hacer por él. Él se los agradeció y dio cien escudos de oro para que los repartiesen entre todos. Con esta dádiva quedaron más blandos que unas martas. Sólo a Preciosa no contentó mucho la quedada de don Sancho, que así dijo el mozo que se llamaba; pero los gitanos se lo mudaron en el de Clemente, y así le llamaron desde allí adelante. También quedó un poco torcido Andrés, y no bien satisfecho de haberse quedado Clemente, por parecerle que con poco fundamento había dejado sus primeros designios; mas Clemente, como si le leyera la intención, entre otras cosas le dijo que se holgaba de ir al reino de Murcia por estar cerca Cartagena, adonde si viniesen galeras como él pensaba que habían de venir, pudiese con facilidad pasar a Italia. Finalmente, por traerle más ante los ojos, y mirar sus acciones, y escudriñar sus pensamientos, quiso Andrés que fuese Clemente su camarada y Clemente tuvo esta amistad por gran favor que se le hacía. Andaban siempre juntos, gastaban largo, llovían escudos, corrían, saltaban, bailaban y tiraban la barra mejor que ninguno de los gitanos, y eran de las gitanas más que medianamente queridos, y de los gitanos, en todo extremo respetados.

Dejaron, pues, a Extremadura y entráronse en la Mancha, y poco a poco fueron caminando al reino de Murcia. En todas las aldeas y lugares que pasaban había desafíos de pelota, de esgrima, de correr, de saltar, de tirar la barra y de otros ejercicios de fuerza, maña y ligereza, y de todos salían vencedores Andrés y Clemente como de sólo Andrés queda dicho; y en todo este tiempo, que fue más de mes y medio, nunca tuvo Clemente ocasión ni él la procuró, de hablar a Preciosa, hasta que un día, estando juntos Andrés y ella, llegó él a la conversación, porque le llamaron, y Preciosa le dijo:

—Desde la vez primera que llegaste a nuestro aduar te conocí, Clemente, y se me vinieron a la memoria los versos que en Madrid me diste; pero no quise decir nada por no saber con qué intención venías a nuestras estancias; y cuando supe tu desgracia me pesó en el alma, y se aseguró mi pecho que estaba sobresaltado, pensando que como había don Juanes en el mundo que se mudaban en Andreses, así podía haber don Sanchos que se mudasen en otros nombres. Háblote de esta manera, porque Andrés me ha dicho que te ha dado cuenta de quién es y de la intención con que se ha vuelto gitano —y así era la verdad; que Andrés le había hecho sabidor de toda su historia, por poder comunicar con él sus pensamientos—. Y no pienses que te fue de poco provecho el conocerte, pues por mi respeto y por lo que yo de ti dije se facilitó el acogerte y admitirle en nuestra compañía, donde plega a Dios te suceda todo el bien que acertares a desearte. Este buen deseo quiero que me pagues en que no afees a Andrés la bajeza de su intento, ni le pintes cuán mal le está perseverar en este estado; que puesto que yo imagino que debajo de los candados de mi voluntad está la suya, todavía me pesaría de verle dar muestras, por mínimas que fuesen, de algún arrepentimiento.

A esto respondió Clemente:

—No pienses, Preciosa única, que don Juan con ligereza de ánimo me descubrió quién: era primero le conocí yo, y primero me descubrieron sus ojos sus intentos; primero le dije yo quién era, y primero le adiviné la prisión de su voluntad, que tú señalas, y él, dándome el crédito que era razón que me diese, fio de mi secreto el suyo, y él es buen testigo si alabé su determinación y escogido empleo; que no soy, ¡oh Preciosa!, de tan corto ingenio que no alcance hasta donde se extienden las fuerzas de la hermosura, y la tuya, por pasar de los límites de los mayores extremos de belleza, es disculpa bastante de mayores yerros, si es que deben llamarse yerros los que se hacen con tan forzosas causas. Agradézcote, señora, lo que en mi crédito dijiste, y yo pienso pagártelo en desear que estos enredos amorosos salgan a fines felices y que tú goces de tu Andrés, y Andrés de su Preciosa, en conformidad y gusto de sus padres, porque de tan hermosa junta veamos en el mundo los más bellos renuevos que pueda formar la bien intencionada naturaleza. Esto desearé yo, Preciosa, y esto le diré siempre a tu Andrés, y no cosa alguna que le divierta de sus bien colocados pensamientos.

Con tales afectos dijo las razones pasadas Clemente, que estuvo en duda Andrés si las había dicho como enamorado o como comedido; que la infernal enfermedad celosa es tan delicada y de tal manera, que en los átomos del sol se pega, y de los que tocan a la cosa amada se fatiga el amante y se desespera. Pero con todo esto, no tuvo celos confirmados, más fiado de la bondad de Preciosa que de la ventura suya; que siempre los enamorados se tienen por infelices en tanto que no alcanzan lo que desean. En fin, Andrés y Clemente eran camaradas y grandes amigos, asegurándolo todo la buena intención de Clemente y el recato y prudencia de Preciosa, que jamás dio ocasión a que Andrés tuviese de ella celos.

Tenía Clemente sus puntas de poeta, como lo mostró en los versos que dio a Preciosa, y Andrés se picaba un poco, y entrambos eran aficionados a la música. Sucedió, pues, que estando el aduar alojado en un valle, cuatro leguas de Murcia, una noche, por entretenerse, sentados los dos, Andrés al pie de un alcornoque, Clemente al de una encina, cada uno con una guitarra, convidados del silencio de la noche, comenzando Andrés y respondiendo Clemente, cantaron estos versos

ANDRÉS

Mira, Clemente, el estrellado velo
con que esta noche fría
compite con el día,
de luces bellas adornado el cielo;
y en esta semejanza,
si tanto tu divino ingenio alcanza,
aquel rostro figura
donde asiste el extremo de hermosura.

CLEMENTE

Donde asiste el extremo de hermosura,
y adonde la preciosa

honestidad hermosa
con todo extremo de bondad se apura,
en un sujeto cabe,
que no hay humano ingenio que le alabe,
si no toca en divino,
en alto, en raro, en grave y peregrino.

ANDRÉS

En alto, en raro, en grave y peregrino
estilo nunca usado,
al cielo levantado,
por dulce al mundo y sin igual camino,
tu nombre, ¡oh gitanilla!,
causando asombro, espanto y maravilla,
la fama yo quisiera
que le llevara hasta la octava esfera.

CLEMENTE

Que le llevara hasta la octava esfera
fuera decente y justo,
dando a los cielos gusto,
cuando el son de su nombre allá se oyera,
y en la tierra causara,
por donde el dulce nombre resonara,
música en los oídos,
paz en las almas, gloria en los sentidos.

ANDRÉS

Paz en las almas, gloria en los sentidos
se siente cuando canta
la sirena, que encanta,
y adormece a los más apercibidos;
y tal es mi Preciosa,
que es lo menos que tiene ser hermosa:
dulce regalo mío,
corona del donaire, honor del brío.

CLEMENTE

Corona del donaire, honor del brío
eres, bella gitana,
frescor de la mangana,
céfiro blando en el ardiente estío;
rayo con que amor ciego
convierte el pecho más de nieve en fuego;
fuerza que ansí la hace,
que blandamente mata y satisface.

Señales iban dando de no acabar tan presto el libre y el
cautivo si no sonara a sus espaldas la voz de Preciosa, que las
suyas había escuchado. Suspendiólos el oírla, y sin moverse,
prestándola maravillosa atención, la escucharon. Ella (no sé
si de improviso o si en algún tiempo los versos que cantaba le
compusieron), con extremada gracia, como si para responder-
les fueran hechos, cantó los siguientes versos:

En esta empresa amorosa
donde el amor entretengo,
por mayor ventura tengo
ser honesta, que hermosa.

La que es más humilde planta,
si la subida endereza,
por gracia o naturaleza
a los cielos se levanta.

En este mi bajo cobre,
siendo honestidad su esmalte,
no hay buen deseo que falte,
ni riqueza que no sobre.

No me causa alguna pena
no quererme o no estimarme;
que yo pienso fabricarme
mi suerte y ventura buena.

Haga yo lo que en mí es,
que a ser buena me encamine,
y haga el cielo y determine
lo que quisiere después.

Quiero ver si la belleza
tiene tal prerrogativa,
que me encumbre tan arriba,
que aspire a mayor alteza.

Si las almas son iguales,
podrá la de un labrador
igualarse por valor
con las que son imperiales.

De la mía lo que siento
me sube al grado mayor,
porque majestad y amor
no tienen un mismo asiento.

Aquí dio fin Preciosa a su canto, y Andrés y Clemente se levantaron a recibirla. Pasaron entre los tres discretas razones, y Preciosa descubrió en las suyas su discreción, su honestidad y su agudeza, de tal manera que en Clemente halló disculpa la intención de Andrés; que aún hasta entonces no la había hallado, juzgando más a mocedad que a cordura su arrojada determinación.

Aquella mañana se levantó el aduar, y se fueron a alojar en un lugar de la jurisdicción de Murcia, tres leguas de la ciudad, donde le sucedió a Andrés una desgracia que le puso en punto de perder la vida. Y fue que después de haber dado en aquel lugar algunos vasos y prendas de plata en fianzas, como tenían de costumbre, Preciosa y su abuela, y Cristina con otras dos gitanillas, y los dos, Clemente y Andrés, se alojaron en un mesón de una viuda rica, la cual tenía una hija de edad de diez y siete o diez y ocho años, algo más desenvuelta que hermosa, y por más señas se llamaba Juana Carducha. Esta, habiendo visto bailar a las gitanas y gitanos, la tomó el diablo, y se enamoró de Andrés tan fuertemente que propuso de decírselo y tomarle por marido, si él quisiese, aunque a todos sus parientes les pesase; y así buscó coyuntura para decírselo, y hallóla en un corral donde Andrés había entrado a requerir dos pollinos. Llegóse a él, y con prisa por no ser vista le dijo:

—Andrés (que ya sabía su nombre), yo soy doncella y rica; que mi madre no tiene otro hijo sino a mí, y este mesón es suyo, y amén de esto, tiene muchos majuelos y otros dos pares de casas. Hasme parecido bien: si me quieres por esposa, a ti te está. Respóndeme presto, y si eres discreto, quédate, y verás qué vida nos damos.

Admirado quedó Andrés de la resolución de la Carducha, y con la presteza que ella pedía, le respondió:

—Señora doncella, yo estoy apalabrado para casarme, y los gitanos no nos casamos sino con gitanas; guárdela Dios por la merced que me quería hacer, de que yo no soy digno.

No estuvo en dos dedos de caerse muerta la Carducha con la aceda respuesta de Andrés, a quien replicara si no viera que entraban en el corral otras gitanas. Salióse corrida y asendereada. y de buena gana se vengara si pudiera. Andrés, como discreto, determinó de poner tierra en medio y desviarse de aquella ocasión que el diablo le ofrecía; que bien leyó en los ojos de Carducha que sin los lazos matrimoniales se le entregara a toda su voluntad, y no quiso verse pie a pie y solo en aquella estacada; y así, pidió a todos los gitanos que aquella noche se partiesen de aquel lugar. Ellos, que siempre le obedecían, lo pusieron luego por obra, y cobrando sus fianzas aquella tarde se fueron.

La Carducha, que vio que en irse Andrés se le iba la mitad de su alma, y que no le quedaba tiempo para solicitar el cumplimiento de sus deseos, ordenó de hacer quedar a Andrés por fuerza, ya que de grado no podía; y así, con la industria, sagacidad y secreto que su mal intento le enseñó, puso entre las alhajas de Andrés, que ella conoció por suyas, unos ricos corales y patenas de plata con otros brincos suyos, y apenas habían salido del mesón, cuando dio voces diciendo que aquellos gitanos le llevaban robadas sus joyas; a cuyas voces acudió la justicia y toda la gente del pueblo.

Los gitanos hicieron alto, y todos juraban que ninguna cosa llevaban hurtada y que ellos harían patentes todos los sacos y repuestos de su aduar. De esto se acongojó mucho la gitana vieja, temiendo en aquel escrutinio no se manifestasen los dijes de la Preciosa y los vestidos de Andrés, que ella con gran cuidado y recato guardaba; pero la buena de la Carducha lo remedió con mucha brevedad todo, porque al segundo envoltorio que miraron, dijo que preguntasen cuál era el de aquel gitano gran bailador; que ella había visto entrar en su aposento dos veces, y que podría ser que aquél las llevase.

Entendió Andrés que por él lo decía, y riéndose, dijo:

—Señora doncella, ésta es mi recámara y éste es mi pollino. Si vos halláredes en ella ni él lo que os falta, yo os lo pagaré con las setenas, fuera de sujetarme al castigo que la ley da a los ladrones.

Acudieron luego los ministros de la justicia a desvalijar el pollino, y a pocas vueltas dieron con el hurto; de que quedó tan espantado Andrés y tan absorto, que no pareció, sino estatua, sin voz, de piedra dura.

—¿No sospeché yo bien? —dijo a esta sazón la Carducha—. Mirad con qué buena cara se encubre un ladrón tan grande.

El alcalde, que estaba presente, comenzó a decir mil injurias a Andrés y a todos los gitanos, llamándolos de públicos ladrones y salteadores de caminos. A todo callaba Andrés, suspenso e imaginativo, y no acababa de caer en la traición de la Carducha. En esto se llegó a él un soldado bizarro, sobrino del alcalde, diciendo:

—¿No veis cuál se ha quedado el gitanico podrido de hurtar? Apostaré yo que hace melindres y que niega el hurto, con habérsele cogido en las manos; que bien haya quien no os echa en galeras a todos. Mirad si estuviera mejor este bellaco en ellas, sirviendo a su majestad, que no andarse bailando de lugar en lugar y hurtando de venta en monte. A fe de soldado que estoy por darle una bofetada que le derribe a mis pies.

Y diciendo esto, sin más ni más alzó la mano y le dio un bofetón tal, que le hizo volver de su embelesamiento y le hizo acordar que no era Andrés Caballero, sino don Juan y caballero. Y arremetiendo al soldado con mucha presteza y más cólera, le arrancó su misma espada de la vaina y se la envainó en el cuerpo, dando con él muerto en tierra.

Aquí fue el gritar del pueblo; aquí el amohinarse el tío alcalde; aquí el desmayarse Preciosa, y en turbarse Andrés de verla desmayada; aquí el acudir todos a las armas y dar tras el homicida. Creció la confusión, creció la grita, y por acudir Andrés al desmayo de Preciosa dejó de acudir a su defensa, y quiso la suerte que Clemente no se hallase al desastrado suceso, que con los bagajes había ya salido del pueblo. Finalmente, tantos cargaron sobre Andrés que le prendieron y le aherrojaron con dos muy gruesas cadenas. Bien quisiera el alcalde ahorcarle luego, si estuviera en su mano; pero hubo de remitirle a Murcia, por ser de su jurisdicción. No le llevaron hasta otro día y en el que allí estuvo pasó Andrés muchos martirios y vituperios, que el indignado alcalde, y sus ministros, y todos los del lugar le hicieron. Prendió el alcalde todos los más gitanos y gitanas que pudo, porque los más huyeron, y entre ellos Clemente, que temió ser cogido y descubierto.

Finalmente, con la sumaria del caso, y con una gran cáfila de gitanos, entraron el alcalde y sus ministros, con otra mucha gente armada, en Murcia, entre los cuales iban Preciosa y el pobre de Andrés, ceñido de cadenas sobre un macho y con esposas y piedeamigo. Salió toda Murcia a ver los presos; que ya se tenía noticia de la muerte del soldado. Pero la hermosura de Preciosa aquel día fue tanta, que ninguno la miraba que no la bendecía, y llegó la nueva de su belleza a los oídos de la señora corregidora, que por curiosidad de verla hizo que el corregidor, su marido, mandase que aquella gitanica no entrase en la cárcel, y todos los demás sí, y a Andrés le pusieron en un estrecho calabozo, cuya oscuridad y la falta de luz de Preciosa le trataron de manera que bien pensó no salir de allí sino para la sepultura.

Llevaron a Preciosa, con su abuela, a que la corregidora la viese, y así como la vio, dijo:

−Con razón la alaban de hermosa.

Y llegándola a sí la abrazó tiernamente, y no se hartaba de mirarla, y preguntó a su abuela que qué edad tendría aquella niña.

—Quince años —respondió la gitana—, dos meses más o menos.

—Ésos tuviera ahora la desdichada de mi Constanza. ¡Ay, amigas! ¡Que esta niña me ha renovado mi desventura! —dijo la corregidora.

Tomó en esto Preciosa las manos de la corregidora, y besándoselas muchas veces se las bañaba con lágrimas, y le decía:

—Señora mía, el gitano que está preso no tiene culpa, porque fue provocado: llamáronle ladrón, y no lo es; diéronle un bofetón en su rostro, que es tal que en él se descubre la bondad de su ánimo. Por Dios y por quien vos sois, señora, que le hagáis guardar su justicia, y que el señor corregidor no se dé prisa a ejecutar en él el castigo con que las leyes le amenazan; y si algún agrado os ha dado mi hermosura, entretenedla con entretener el preso, porque en el fin de su vida está el de la mía. El ha de ser mi esposo, y justos y honestos impedimentos han estorbado que aún hasta ahora no nos habemos dado las manos. Si dineros fueren menester para alcanzar perdón de la parte, todo nuestro aduar se venderá en pública almoneda, y se dará aún más de lo que pidieren. Señora mía, si sabéis qué es amor, y algún tiempo le tuvisteis, y ahora le tenéis a vuestro esposo, doleos de mí, que amo tierna y honestamente al mío.

En todo el tiempo que esto decía, nunca la dejó las manos, ni apartó los ojos de mirarla atentísimamente, derramando amargas y piadosas lágrimas en mucha abundancia. Asimismo la corregidora la tenía a ella asida de las suyas, mirándola, ni más ni menos con no menor ahínco, y con no más pocas lágrimas. Estando en esto entró el corregidor, y hallando a su mujer y a Preciosa tan llorosas y tan encadenadas, quedó suspenso así de su llanto como de su hermosura. Preguntó la causa de aquel sentimiento, y la respuesta que dio Preciosa fue soltar las manos de la corregidora y asirse de los pies del corregidor, diciéndole:

—¡Señor, misericordia, misericordia! Si mi esposo muere, yo soy muerta. Él no tiene culpa; pero si la tiene, déseme a mí la pena. Y si esto no puede ser, a lo menos entreténgase el pleito en tanto que se procuran y buscan los medios posibles para su remedio. Que podrá ser que al que no pecó de malicia le enviase el cielo la salud de gracia.

Con nueva suspensión quedó el corregidor de oír las discretas razones de la gitanilla, y que ya, si no fuera por no dar indicios de flaqueza, le acompañara en sus lágrimas. En tanto que esto pasaba estaba la gitana vieja considerando grandes, muchas y diversas cosas, y al cabo de toda esta suspensión e imaginación dijo:

—Espérenme vuesas mercedes, señores míos, un poco; que yo haré que estos llantos se conviertan en risa, aunque a mí me cueste la vida.

Y así, con ligero paso, se salió de donde estaba, dejando a los presentes confusos con lo que dicho había. En tanto, pues, que ella volvía, nunca dejó Preciosa las lágrimas ni los ruegos de que se entretuviese la causa de su esposo, con intención de avisar a su padre que viniese a entender en ella. Volvió la gitana con un pequeño cofre debajo del brazo, y dijo al corregidor que con su mujer y ella se entrasen en un aposento; que tenía grandes cosas que decirles en secreto. El corregidor, creyendo que algunos hurtos de los gitanos quería descubrirle, por tenerle propicio en el pleito del preso, al momento se retiró con ella y con su mujer en su recámara, adonde la gitana, hincándose de rodillas ante los dos, les dijo:

—Si las buenas nuevas que os quiero dar, señores, no merecieren alcanzar en albricias el perdón de un gran pecado mío, aquí estoy para recibir el castigo que quisiéredes darme; pero antes que lo confiese quiero que me digáis, señores, primero, si conocéis estas joyas.

Y descubriendo un cofrecito donde venían las de Preciosa, se le puso en las manos al corregidor, y en abriéndole, vio aquellos dijes pueriles; pero no cayó en lo que podían significar. Mirólos también la corregidora, pero tampoco dio en la cuenta. Sólo dijo:

—Estos son adornos de alguna pequeña criatura.

—Así es la verdad —dijo la gitana—; y de qué criatura sean dice ese escrito que está en ese papel doblado.

Abrióle con prisa el corregidor, y leyó que decía:

"Llamábase la niña doña Constanza de Acevedo y de Meneses. Su madre, doña Guiomar de Meneses, y su padre, don Fernando de Acevedo, caballero del hábito de Calatrava. Desparecila día de la Ascensión del Señor, a las ocho de la mañana, del año de mil y quinientos y noventa y cinco. Traía la niña puestos estos brincos que en este cofre están guardados".

Apenas hubo oído la corregidora las razones del papel, cuando reconoció los brincos, se los puso a la boca, y dándoles infinitos besos, se cayó desmayada. Acudió el corregidor a ella, antes que a preguntar a la gitana por su hija, y habiendo vuelto en sí, dijo:

—Mujer buena, antes ángel que gitana, ¿adónde está el dueño, digo la criatura cuyos eran estos dijes?

—¿Adónde, señora? —respondió la gitana—. En vuestra casa la tenéis: aquella gitanica que os sacó las lágrimas de los ojos es su dueño, y es sin duda alguna vuestra hija; que yo la hurté en Madrid de vuestra casa el día y hora que ese papel dice.

Oyendo esto la turbada señora, soltó los chapines, y desalada y corriendo salió a la sala adonde había dejado a Preciosa, y hallóla rodeada de sus doncellas y criadas, todavía llorando. Arremetió a ella, y sin decirle nada, con gran prisa le desabrochó el pecho, y miró si tenía debajo de la teta izquierda una señal pequeña a modo de lunar blanco con que había nacido, y hallóle ya grande; que con el tiempo se había dilatado. Luego con la misma celeridad la descalzó y descubrió un pie de nieve y de marfil hecho a torno, y vio en él, lo que buscaba; que era que los dos dedos últimos del pie derecho se trababan el uno con el otro por medio con un poquito de carne, la cual, cuando niña, nunca se la habían querido cortar por no darle pesadumbre. El pecho, los dedos, los brincos, el día señalado del hurto, la confesión de la gitana y el sobresalto y la alegría que habían recibido sus padres cuando la vieron, con toda verdad confirmaron en el alma de la corregidora ser Preciosa su hija; y así, cogiéndola en sus brazos, se volvió con ella a donde el corregidor y la gitana estaban.

Iba Preciosa confusa, que no sabía a qué efecto se había hecho con ella aquellas diligencias, y más viéndose llevar en brazos de la corregidora, y que le daba de un beso hasta ciento. Llegó, en fin, con la preciosa carga doña Guiomar a la presencia de su marido, y trasladándola de sus brazos a los del corregidor, dijo:

—Recibid, señor, a vuestra hija Constanza; que ésta es sin duda. No lo dudéis, señor, en ningún modo; que la señal de los dedos juntos y la del pecho he visto, y más, que a mí me lo está diciendo el alma desde el instante que mis ojos la vieron.

—No lo dudo —respondió el corregidor, teniendo en sus brazos a Preciosa—; que los mismos efectos han pasado por la mía que por la vuestra. Y más que tantas particularidades juntas ¿cómo podían suceder si no fuera por milagro?

Toda la gente de casa andaba absorta, preguntando unos a otros qué sería aquello, y todos daban bien lejos del blanco; que ¿quién había de imaginar que la gitanilla era hija de sus señores?

El corregidor dijo a su mujer, y a su hija, y a la gitana vieja, que aquel caso estuviese secreto hasta que él le descubriese, y asimismo dijo a la vieja que él le perdonaba el agravio que le había hecho en hurtarle la mitad de su alma, pues la recompensa de habérsela vuelto mayores albricias merecía, y que sólo le pesaba de que sabiendo ella la calidad de Preciosa, la hubiese desposado con un gitano, y más con un ladrón y homicida.

—¡Ay —dijo a esto Preciosa—, señor mío, que ni es gitano ni ladrón, puesto que es matador! Pero fue del que le quitó la honra, y no pudo hacer menos de mostrar quién era y matarle.

—¿Cómo que no es gitano, hija mía? —dijo doña Guiomar.

Entonces la gitana vieja contó brevemente la historia de Andrés Caballero, y que era hijo de don Francisco de Cárcamo, caballero del hábito de Santiago, y que se llamaba don Juan de Cárcamo, asimismo del mismo hábito, cuyos vestidos ella tenía cuando los mudó en los de gitano. Contó también el concierto que entre Preciosa y don Juan estaba hecho de aguardar dos años de aprobación para desposarse o no. Puso en su punto honestidad de entrambos y la agradable condición de don Juan.

Tanto se admiraron de esto como del hallazgo de su hija, y mandó el corregidor a la gitana que fuese por los vestidos de don Juan. Ella lo hizo así y volvió con otro gitano, que los trajo.

En tanto que ella iba y volvía, hicieron sus padres a Preciosa cien mil preguntas, a que respondió con tanta discreción y gracia que aunque no la hubieran reconocido por hija los enamorara . Preguntáronla si tenía alguna afición a don Juan. Respondió que no más que aquella que le obligaba a ser agradecida a quien se había querido humillar a ser gitano por ella; pero que ya no se extendería a más el agradecimiento de aquello que sus señores padres quisiesen.

—Calla, hija Preciosa —dijo su padre—, que este nombre de Preciosa quiero que se te quede en memoria de tu pérdida y de tu hallazgo; que yo, como tu padre, tomo a cargo de ponerte en estado que no desdiga de quién eres.

Suspiró oyendo esto Preciosa, y su madre, como era discreta, entendió que suspiraba de enamorada de don Juan, y dijo a su marido

—Señor, siendo tan principal don Juan de Cárcamo como lo es, y queriendo tanto a nuestra hija, no nos estaría mal dársela por esposa.

Y él respondió

—Aún apenas hoy la habemos hallado, ¿y ya queréis que la perdamos? Gocémosla algún tiempo; que, en casándola, no será nuestra, sino de su marido.

—Razón tenéis, señor —respondió ella—; pero dad orden de sacar a don Juan, que debe de estar en algún calabozo metido, pasando las penalidades que se pueden considerar de sus prisiones, las humedades y sabandijas inmundas, que inquietan a las pobres pacientes, que están esperando salga el día para gozarle, y verse libres de tanta opresión y mala vecindad como padecen.

—Sí estará —dijo Preciosa—; que a un ladrón, matador, y sobre todo gitano, no le habrán dado mejor estancia.

—Yo quiero ir a verle, como que le voy a tomar la confesión —respondió el corregidor—, y de nuevo os encargo, señora, que nadie sepa esta historia hasta que yo lo quiera.

Y abrazando a Preciosa, fue luego a la cárcel y entró en el calabozo donde don Juan estaba, y no quiso que nadie entrase con él. Hallóle con entrambos pies en un cepo y con las esposas a las manos, y que aún no le habían quitado el piedeamigo. Era la estancia oscura, pero hizo que por arriba abriesen una lumbrera, por donde entraba luz, aunque muy escasa, y así como le vio, le dijo:

—¿Cómo está la buena pieza? ¡Que así tuviera yo atraillados cuantos gitanos hay en España, para acabar con ellos en un día, como Nerón quisiera en otro con Roma, sin dar más de un golpe! Sabed, ladrón puntuoso, que yo soy el corregidor de esta ciudad, y vengo a saber, de mí a vos, si es verdad que es vuestra esposa una gitanilla que viene con vosotros.

Oyendo esto Andrés, imaginó que el corregidor se debía haber enamorado de Preciosa; que los celos son de cuerpos sutiles y se entran por otros cuerpos sin romperlos, apartarlos ni dividirlos. Pero, con todo esto, respondió:

—Si ella ha dicho que yo soy su esposo, es mucha verdad, y si ha dicho que no lo soy, también ha dicho verdad; porque no es posible que Preciosa diga mentira.

—¿Tan verdadera es? —respondió el corregidor—. No es poco serlo para ser gitana. Ahora bien, mancebo, ella ha dicho que es vuestra esposa; pero que nunca os ha dado la mano. Ha sabido que, es vuestra culpa, habéis de morir por ella, y hame pedido que antes de vuestra muerte la despose con vos, porque se quiere honrar con quedar viuda de un tan gran ladrón como vos.

—Pues hágalo vuesa merced, señor corregidor, como ella lo suplica; que como yo me despose con ella, iré contento a la vida como parta de ésta con nombre de ser suyo.

—Mucho la debéis de querer —dijo el corregidor.

—Tanto —respondió el preso—, que, a poderlo decir, no fuera nada. En efecto, señor corregidor, mi causa se concluya; yo maté al que me quiso quitar la honra; yo adoro a esa gitana: moriré contento si muero en su gracia, y sé que no nos ha de faltar la de Dios, pues entrambos habemos guardado honestamente y con puntualidad lo que nos prometimos.

—Pues esta noche enviaré por vos —dijo el corregidor—, y en mi casa os desposaréis con Preciosica, y mañana a mediodía estaréis en la horca; con lo que yo habré cumplido con lo que pide la justicia y con el deseo de entrambos.

Agradecióselo Andrés, y el corregidor volvió a su casa y dio cuenta a su mujer de lo que con don Juan había pasado, y de otras cosas que pensaba hacer.

En el tiempo que él faltó de su casa dio cuenta Preciosa a su madre de todo el discurso de su vida, y de cómo siempre había creído ser gitana y ser nieta de aquella vieja; pero que siempre se había estimado en mucho más de lo que de ser gitana se esperaba

Preguntóle su madre que le dijese la verdad, si quería bien a don Juan de Cárcamo. Ella, con vergüenza y con los ojos en el suelo, le dijo que por haberse considerado gitana, y que mejoraba su suerte con casarse con un caballero de hábito y tan principal como don Juan de Cárcamo, y por haber visto por experiencia su buena condición y honesto trato, alguna vez le había mirado con ojos aficionados; pero que, en resolución, ya había dicho que no tenía otra voluntad de aquella que ellos quisiesen.

Llegóse la noche, y siendo casi las diez sacaron a Andrés de la cárcel, sin las esposas y el piedeamigo; pero no sin una gran cadena que, desde los pies, todo el cuerpo le ceñía. Llegó de este modo, sin ser visto de nadie, sino de los que le traían, en casa del corregidor, y con silencio y recato le entraron en un aposento, donde le dejaron solo. De allí a un rato entró un clérigo, y le dijo que se confesase, porque había de morir otro día.

A lo cual respondió Andrés:

—De muy buena gana me confesaré; pero, ¿cómo no me desposan primero? Y si me han de desposar, por cierto que es muy malo el tálamo que me espera.

Doña Guiomar, que todo esto sabía, dijo a su marido que eran demasiados los sustos que a don Juan daba; que los moderase, porque podría ser perdiese la vida con ellos. Parecióle buen consejo al corregidor, y así, entró a llamar al que le confesaba y díjole que primero habían de desposar al gitano con Preciosa la gitana, y que después se confesaría, y que se encomendase a Dios de todo corazón, que muchas veces suele llover sus misericordias en el tiempo que están más secas las esperanzas.

En efecto, Andrés salió a una sala donde estaban solamente doña Guiomar, el corregidor, Preciosa y otros dos criados de casa. Pero cuando Preciosa vio a don Juan ceñido y aherrojado con tan gran cadena, descolorido el rostro y los ojos con muestra de haber llorado, se le cubrió el corazón y se arrimó al brazo de su madre, que junto a ella estaba, la cual abrazándola consigo, le dijo:

—Vuelve en ti, niña, que todo lo que ves ha de redundar en tu gusto y provecho.

Ella, que estaba ignorante de aquello, no sabía cómo consolarse, y la gitana vieja estaba turbada, y los circunstantes, colgados del fin de aquel caso.

El corregidor dijo:

—Señor teniente cura, este gitano y esta gitana son los que vuesa merced ha de desposar.

—Eso no podré yo hacer si no preceden primero las circunstancias que para tal caso se requieren. ¿Dónde se han hecho las amonestaciones? ¿Adónde está la licencia de mi superior, para que con ellas se haga el desposorio?

—Inadvertencia ha sido mía —respondió el corregidor—; pero yo haré que el vicario la dé.

—Pues hasta que la vea —respondió el teniente cura—, estos señores perdonen.

Y sin replicar más palabra, porque no sucediese algún escándalo, se salió de casa y los dejó a todos confusos.

—El padre ha hecho muy bien —dijo a esta sazón el corregidor—, y podría ser fuese providencia del cielo ésta, para que el suplicio de Andrés se dilate, porque, en efecto, él se ha de desposar con Preciosa, y han de preceder primero las amonestaciones, donde se dará tiempo al tiempo, que suele dar dulce salida a muchas amargas dificultades; y, con todo esto, querría saber de Andrés, si la suerte encaminase sus sucesos de manera que sin estos sustos y sobresaltos se hallase esposo de Preciosa, si se tendría por dichoso ya siendo Andrés Caballero, o ya don Juan de Cárcamo.

Así como oyó Andrés nombrarse por su nombre, dijo:

—Pues Preciosa no ha querido contenerse en los límites del silencio, y ha descubierto quién soy, aunque esa buena dicha me hallara hecho monarca del mundo, la tuviera en tanto que pusiera término a mis deseos, sin osar desear otro bien sino el del cielo.

—Pues por ese buen ánimo que habéis mostrado, señor don Juan de Cárcamo, a su tiempo haré que Preciosa sea vuestra legítima consorte, y ahora os la doy y entrego en esperanza por la más rica joya de mi casa, y de mi vida, y de mi alma, y estimadla en lo que decís, porque en ella os doy a doña Constanza de Acevedo y Meneses, mi única hija, la cual, si os iguala en el amor, no os desdice nada en el linaje.

Atónito quedó Andrés viendo el amor que le mostraban, y en breves razones doña Giomar contó la pérdida de su hija, y su hallazgo, con las certísimas señas que la gitana vieja había dado de su hurto; con que acabó don Juan de quedar atónito y suspenso, pero alegre sobre todo encarecimiento. Abrazó a sus suegros, llamóles padres y señores suyos; besó las manos a Preciosa, que con lágrimas le pedía las suyas.

Rompióse el secreto, salió la nueva del caso con la salida de los criados que habían estado presentes; el cual, sabido por el alcalde, tío del muerto, vio tomados los caminos de su venganza pues no había de tener lugar el rigor de la justicia para ejecutarla en el yerno del corregidor.

Vistióse don Juan los vestidos de camino que allí había traído la gitana; volviéronse las prisiones y cadenas de hierro en libertad y cadenas de oro; la tristeza de los gitanos presos, en alegría, pues otro día los dieron en fiado. Recibió el tío del muerto la promesa de dos mil ducados, que le hicieron porque bajase de la querella y perdonase a don Juan; el cual, no olvidándose de su camarada Clemente, le hizo buscar; pero no le hallaron ni supieron de él hasta que desde allí a cuatro días tuvo nuevas ciertas que se había embarcado en una de dos galeras de Génova que estaban en el puerto de Cartagena, y ya se habían partido.

Dijo el corregidor a don Juan que tenía por nueva cierta que su padre, don Francisco de Cárcamo, estaba proveído por corregidor de aquella ciudad, y que sería bien esperarle, para que con su beneplácito y consentimiento se hiciesen las bodas.

Don Juan dijo que no saldría de lo que él ordenase. Pero que, ante todas cosas, se había de desposar con Preciosa.

Concedió licencia el arzobispo para que con sola una amonestación se hiciese. Hizo fiestas la ciudad, por ser muy bienquisto el corregidor, con luminarias, toros y cañas el día del desposorio; quedóse la gitana vieja en casa; que no se quiso apartar de su nieta Preciosa.

Llegaron las nuevas a la Corte, del caso y casamiento de la gitanilla; supo don Francisco de Cárcamo ser su hijo el gitano y ser la Preciosa la gitanilla que él había visto, cuya hermosura disculpó con él la liviandad de su hijo, que ya le tenía por perdido, por saber que no había ido a Flandes. Y más porque vio cuán bien le estaba el casarse con hija de tan gran caballero y tan rico como era don Fernando de Acevedo. Dio prisa a su partida por llegar presto a ver a sus hijos, y dentro de veinte días ya estaba en Murcia, con cuya llegada se renovaron los gustos, se hicieron las bodas, se contaron las vidas, y los poetas de la ciudad, que hay algunos y muy buenos, tomaron a cargo celebrar el extraño caso, juntamente con la sin igual belleza de la gitanilla. Y de tal manera escribió el famoso licenciado Pozo, que en sus versos durará la fama de la Preciosa mientras los siglos duraren.

Olvidábaseme de decir cómo la enamorada mesonera descubrió a la justicia no ser verdad lo del hurto de Andrés el gitano, y confesó su amor y su culpa, a quien no respondió pena alguna, porque en la alegría del hallazgo de los desposados se enterró la venganza y resucitó la clemencia.

EL LICENCIADO VIDRIERA

PASEÁNDOSE DOS CABALLEROS ESTUDIANTES POR LAS RIBERAS del Tormes, hallaron en ellas, debajo de un árbol, durmiendo, a un muchacho de hasta edad de once años, vestido como labrador. Mandaron a un criado que le despertase. Despertó, y preguntáronle de dónde era y qué hacía durmiendo en aquella soledad. A lo cual el muchacho respondió que el nombre de su tierra se le había olvidado, y que iba a la ciudad de Salamanca a buscar un amo a quien servir por sólo que le diese estudio. Preguntáronle si sabía leer; respondió que sí, y escribir también.

—De esa manera —dijo uno de los caballeros— no es por falta de memoria habérsete olvidado el nombre de tu patria.

—Sea por lo que fuere —respondió el muchacho—, que ni el de ella ni el de mis padres sabrá ninguno, hasta que yo pueda honrarlos a ellos y a ella.

—Pues, ¿de qué suerte los piensas honrar? —preguntó el caballero.

—Con mis estudios —respondió el muchacho—; siendo famoso por ellos. Porque yo he oído decir que de los hombres se hacen los obispos.

Esta respuesta movió a los dos caballeros a que le recibiesen y llevasen consigo, como lo hicieron, dándole estudio de la manera que se usa dar en aquella universidad a los criados que sirven.

Dijo el muchacho que se llamaba Tomás Rodaja, de donde infirieron sus amos, por el nombre y por el vestido, que debía ser hijo de algún labrador pobre. A pocos días le vistieron de negro, y a pocas semanas dio Tomás muestras de tener raro ingenio, sirviendo a sus amos con tanta fidelidad, puntualidad y diligencia que, con no faltar un punto a sus estudios, parecía que sólo se ocupaba en servirlos; y como el buen servir del siervo mueve la voluntad del señor a tratarle bien, ya Tomás no era criado de sus amos, sino su compañero.

Finalmente, en ocho años que estuvo con ellos se hizo tan famoso en la universidad por su buen ingenio y notable habilidad, que de todo género de gentes era estimado y querido. Su principal estudio fue de leyes, pero en lo que más se mostraba era en letras humanas. Y tenía tan felice memoria que era cosa de espanto, e ilustrábala tanto con su buen entendimiento, que no era menos famoso por él que por ella.

Sucedió que se llegó el tiempo que sus amos acabaron sus estudios y se fueron a su lugar, que era una de las mejores ciudades de Andalucía. Lleváronse consigo a Tomás, y estuvo con ellos algunos días; pero como le fatigasen los deseos de volver a sus estudios y a Salamanca –que enhechiza la voluntad de volver a ella a todos los que de la apacibilidad de su vivienda han gustado–, pidió a sus amos licencia para volverse. Ellos, corteses y liberales, se la dieron, acomodándole de suerte que con lo que le dieron se pudiera sustentar tres años.

Despidióse de ellos mostrando en sus palabras su agradecimiento, y salió de Málaga (que esta era la patria de sus señores), y al bajar de la cuesta de la Zambra, camino de Antequera, se topó con un gentilhombre a caballo, vestido bizarramente de camino, con dos criados, también a caballo. Juntóse con él, y supo cómo llevaba su mismo viaje. Hicieron camarada, departieron de diversas cosas, y a pocos lances dio Tomás muestras de su raro ingenio, y el caballero las dio de su bizarría y cortesano trato. Y dijo que era capitán de infantería por Su Majestad, y que su alférez estaba haciendo la compañía en tierra de Salamanca. Alabó la vida de la soldadesca, pintóle muy al vivo la belleza de la ciudad de Nápoles, las holguras de Palermo, la abundancia de Milán, los festines de Lombardía, las espléndidas comidas de las hosterías. Dibujóle dulce y puntualmente el "aconcha patrón", "pasá acá manigoldo", "venga la macarela", "li polastri e li macarroni". Puso las alabanzas en el cielo de la vida libre del soldado y de la libertad de Italia. Pero no le dijo nada del frío de las centinelas, del peligro de los asaltos, del espanto de las batallas, hambre de los cercos, de la ruina de las minas, con otras cosas de este jaez, que algunos las toman y tienen por añadiduras del peso de la soldadesca y son la carga principal de ella. En resolución, tantas cosas le dijo y tan bien dichas, que la discreción de nuestro Tomás Rodaja comenzó a titubear, y la voluntad a aficionarse a aquella vida que tan cerca tiene la muerte.

El capitán, que don Diego de Valdivia se llamaba, contentísimo de la buena presencia, ingenio y desenvoltura de Tomás, le rogó que se fuese con él a Italia, siquiera por curiosidad de verla, que él le ofrecía su mesa, y aun si fuese necesario su bandera, porque su alférez la había de dejar presto.

Poco fue menester para que Tomás aceptase el envite, haciendo consigo, en un instante, un breve discurso, de que sería bueno ver Italia y Flandes y otras diversas tierras y países, pues las luengas peregrinaciones hacen a los hombres discretos, y que en esto, a lo más largo, podía gastar tres o cuatro años, que añadidos a los pocos que él tenía, no serían tantos que impidiesen volver a sus estudios. Y como si todo hubiera de suceder a la medida de su gusto, dijo al capitán que era contento de irse con él a Italia; pero había de ser con condición que no se había de sentar debajo de bandera, ni poner en lista de soldado, por no obligarse a seguir su bandera. Y aunque el capitán le dijo que no importaba ponerse en lista, que ansí gozaría de los socorros y pagas que a la compañía se diesen, porque él le daría licencia todas las veces que se la pidiese.

—Eso sería —dijo Tomás— ir contra mi conciencia y contra la del señor capitán; y así, más quiero ir suelto que obligado.

—Conciencia tan escrupulosa —dijo don Diego— más es de religioso que de soldado; pero, como quiera que sea, ya somos camaradas.

Llegaron aquella noche a Antequera, y en pocos días y grandes jornadas se pusieron donde estaba la compañía, ya acabada de hacer, y que comenzaba a marchar la vuelta de Cartagena, alojándose ella y otras cuatro por los lugares que les venían a mano. Allí notó Tomás la autoridad de los comisarios, la comodidad de algunos capitanes, la solicitud de los aposentadores, la industria y cuenta de los pagadores, las quejas de los pueblos, el rescatar de las boletas, las insolencias de los bisoños, las pendencias de los huéspedes, el pedir bagajes más de los necesarios y, finalmente, la necesidad casi precisa de hacer todo aquello que notaba y mal le parecía.

Habíase vestido Tomás de papagayo, renunciando los hábitos de estudiante, y púsose a lo de Dios es Cristo, como se suele decir. Los muchos libros que tenía los redujo a unas Horas de Nuestra Señora, y un Garcilaso sin comento, que en las dos faldriqueras llevaba. Llegaron más presto de lo que quisieran a Cartagena, porque la vida de los alojamientos es ancha y varia, y cada día se topan cosas nuevas y gustosas.

Allí se embarcaron en cuatro galeras de Nápoles, y allí notó también Tomás Rodaja la extraña vida de aquellas marítimas casas, adonde lo más del tiempo maltratan las chinches, roban los forzados, enfadan los marineros, destruyen los ratones y fatigan las maretas. Pusiéronle temor las grandes borrascas y tormentas, especialmente en el golfo de León, que tuvieron dos: que la una los echó en Córcega y la otra los volvió a Tolón, en Francia. En fin; trasnochados, mojados y con ojeras llegaron a la hermosa y bellísima ciudad de Génova, y desembarcándose en su recogido mandrache, después de haber visitado una iglesia, dio el capitán con todos sus camaradas en una hostería, donde pusieron en olvido todas las borrascas pasadas, con el presente gaudeamus. Allí conocieron la suavidad del treviano, el valor del monte frascón, la ninerca del asperino, la generosidad de los dos griegos,

Candía y Soma, la grandeza del de las cinco viñas, la dulzura y apacibilidad de la señora Garnacha, la rusticidad de la chéntola, sin que entre todos estos señores osase parecer la bajeza del romanesco. Y habiendo hecho el huésped la reseña de tantos y tan diferentes vinos, se ofreció de hacer parecer allí, sin usar de tropelía ni como pintados en mapa, sino real y verdaderamente, a Madrigal, Coca, Alaejos v a la imperial más que real ciudad, recámara del dios de la risa. Ofreció a Esquivias, a Alanis, a Cazalla, Guadalcanal y la Membrilla, sin que se olvidase de Ribadavia y Descargamaría. Finalmente, más vinos nombró el huésped, y más les dio que pudo tener en sus bodegas el mismo Baco. Admiráronle también al buen Tomás los rubios cabellos de las genovesas y la gentileza y gallarda disposición de los hombres, la admirable belleza de la ciudad, que en aquellas peñas parece que tiene las casas engastadas como diamantes en oro.

Otro día se desembarcaron todas las compañías que habían de ir al Piamonte, pero no quiso Tomás hacer este viaje, sino irse desde allí por tierra a Roma y a Nápoles, como lo hizo, quedando de volver por la gran Venecia, y por Loreto a Milán y al Piamonte, donde dijo don Diego de Valdivia que le hallaría, si ya no les hubiesen llevado a Flandes, según se decía.

Despidióse Tomás del capitán de allí a dos días, y en cinco llegó a Florencia, habiendo visto primero a Luca, ciudad pequeña, pero muy bien hecha, y en la que mejor que en otras partes de Italia son bien vistos y agasajados los españoles. Contentóle Florencia en extremo, así por su agradable asiento como por su limpieza, suntuosos edificios, fresco río y apacibles calles. Estuvo en ella cuatro días, y luego se partió a Roma, reina de las ciudades y señora del mundo. Visitó sus templos, adoró sus reliquias y admiró su grandeza. Y así como por las uñas del león se viene en conocimiento por su grandeza y ferocidad, así él sacó la de Roma por sus despedazados mármoles, medias y enteras estatuas, por sus rotos arcos y derribadas termas, por sus magníficos pórticos y anfiteatros grandes, por su famoso y santo río, que siempre llena sus márgenes de agua y las beatifica con las infinitas reliquias de cuerpos de mártires que en ellas tuvieron sepultura; por sus puentes, que parece que se están mirando unos a otros, y por sus calles, que con sólo el nombre cobran autoridad sobre todas las de las otras ciudades del mundo: la vía Apia, la Flaminia, la Julia, con otras de este jaez. Pues no le admiraba menos la división de sus montes dentro de sí misma: el Celio, el Quirinal y el Vaticano, con los otros cuatro, cuyos nombres manifiestan la grandeza y majestad romana. Notó también la autoridad del colegio de los cardenales, la majestad del Sumo Pontífice, el concurso y variedad de gentes y naciones. Todo lo miró y notó, y puso en su punto. Y habiendo andado la estación de las siete iglesias, y confesádose con un penitenciero y besado el pie a Su Santidad, lleno de "agnus dei" y cuentas, determinó irse a Nápoles, y por ser tiempo de mutación, malo y dañoso para todos los que en él entran o salen de Roma como hayan caminado por tierra, se fue por mar a Nápoles, donde, a la admiración que traía de haber visto a Roma, añadió la que le causó ver a Nápoles, ciudad, a su parecer y al de todos cuantos la han visto, la mejor de Europa, y aun de todo el mundo. Desde allí se fue a Sicilia, y vio a Palermo, y después a Mesina. De Palermo le pareció bien el asiento y belleza, y de Mesina, el puerto, y de toda la isla, la abundancia, por quien propiamente y con verdad es llamada granero de Italia. Volvióse a Nápoles y a Roma, y de allí fue a Nuestra Señora de Loreto, en cuyo santo templo no vio paredes ni murallas, porque todas están cubiertas de muletas, de mortajas, de cadenas, de grillos, de esposas, de cabelleras, de medios bultos de cera y de pinturas y retratos que daban manifiesto indicio de las innumerables mercedes que muchos habían recibido de la mano de Dios por intercesión de su divina Madre; que aquella sacrosanta imagen suya quiso engrandecer y autorizar con muchedumbre de milagros, en recompensa de la devoción que le tienen aquellos que, con semejantes doseles, tienen adornados los muros de su casa. Vio el mismo aposento y estancia donde se relató la más alta embajada y de más importancia que vieron y no entendieron todos los cielos, y todos los ángeles, y todos los moradores de las moradas sempiternas.

Desde allí, embarcándose en Ancona, fue a Venecia, ciudad que, a no haber nacido Colón en el mundo, no tuviera en él semejante; ¡merced al cielo y al gran Hernando Cortés, que conquistó la gran Méjico para que la gran Venecia tuviese en alguna manera quien se le opusiese! Estas dos famosas ciudades se parecen en las calles, que son todas de agua: la de Europa, admiración del mundo antiguo; la de América, espanto del mundo nuevo. Parecióle que su riqueza era infinita, su gobierno, prudente; su sitio, inexpugnable; su abundancia, mucha; sus contornos, alegres, y, finalmente, toda ella en sí, y en sus partes, digna de la fama que de su valor por todas las partes del orbe se extiende, dando causa de acreditar más esta verdad la máquina de su famoso arsenal, que es el lugar donde se fabrican las galeras, con otros bajeles que no tienen número. Por poco fueran los de Calipso, los regalos y pasatiempos que halló nuestro curioso viajero en Venecia, pues casi le hacían olvidar de su primer intento. Pero habiendo estado un mes en ella, por Ferrara, Parma y Plasencia, volvió a Milán, oficina de Vulcano, ojeriza del reino de Francia, ciudad, en fin, de quien se dice que puede decir y hacer, haciéndola magnífica, la grandeza suya y de su templo, y su maravillosa abundancia de todas las cosas a la vida humana necesarias. Desde allí se fue a Aste, y llegó a tiempo que otro día marchaba el tercio a Flandes.

Fue muy bien recibido de su amigo el capitán, y en su compañía y camarada pasó a Flandes y llegó a Amberes, ciudad no menos para maravillar que las que había visto en Italia. Vio a Gante y a Bruselas, y vio que todo el país se disponía a tomar las armas para salir en campaña el verano siguiente.

Y habiendo cumplido con el deseo que le movió a ver lo que había visto, determinó volverse a España y a Salamanca a acabar sus estudios. Y como lo pensó lo puso luego por obra, con pesar grandísimo de su camarada, que le rogó al tiempo de despedirse le avisase de su salud, llegada y suceso. Prometióselo ansí como lo pedía, y por Francia volvió a España sin haber visto a París por estar puesta en armas. En fin, llegó a Salamanca, donde fue bien recibido de sus amigos, y con la comodidad que ellos le hicieron, prosiguió sus estudios hasta graduarse de licenciado en leyes.

Sucedió que en este tiempo llegó a aquella ciudad una dama de todo rumbo y manejo. Acudieron luego a la añagaza y reclamo todos los pájaros del lugar, sin quedar vademécum que no la visitase. Dijéronle a Tomás que aquella dama decía que había estado en Italia y en Flandes, y por ver si la conocía fue a visitarla, de cuya visita y vista quedó ella enamorada de Tomás. Y él, sin echar de ver en ello, si no era por fuerza y llevado de otros, no quería entrar en su casa. Finalmente, ella le descubrió su voluntad y le ofreció su hacienda. Pero como él atendía más a sus libros que a otros pasatiempos, en ninguna manera respondía al gusto de la señora, la cual, viéndose desdeñada y, a su parecer, aborrecida, y que por medios ordinarios y comunes no podía conquistar la roca de la voluntad de Tomás, acordó de buscar otros modos a su parecer más eficaces y bastantes para salir con el cumplimiento de sus deseos. Y así, aconsejada de una morisca, en un membrillo toledano dio a Tomás uno de estos que llaman hechizos, creyendo que le daba cosa que le forzase la voluntad a quererla, como si hubiese en el mundo hierbas, encantos, ni palabras suficientes a forzar el libre albedrío; y así, las que dan estas bebidas o comidas amatorias se llaman *venéficas*: porque no es otra cosa lo que hacen, sino dar veneno a quien las toma, como lo tiene mostrado la experiencia en muchas y diversas ocasiones.

Comió en tan mal punto Tomás el membrillo, que al momento comenzó a herir de pie y de mano como si tuviera alferecía, y sin volver en sí estuvo muchas horas, al cabo de las cuales volvió como atontado, y dijo, con lengua turbada y tartamuda, que un membrillo que había comido le había muerto, y declaró quién se lo había dado. La justicia, que tuvo noticia del caso, fue a buscar la malhechora; pero ya ella, viendo el mal suceso, se había puesto en cobro y no apareció jamás.

Seis meses estuvo en la cama Tomás, en los cuales se secó y se puso, como suele decirse, en los huesos, y mostraba tener turbados todos los sentidos. Y aunque le hicieron los remedios posibles, sólo le sanaron la enfermedad del cuerpo, pero no la del entendimiento, porque quedó sano, y loco de la más extraña locura que, entre las locuras, hasta entonces se había visto. Imaginóse el desdichado que era todo hecho de vidrio, y con esta imaginación, cuando alguno se llegaba a él, daba terribles voces pidiendo y suplicando con palabras y razones concertadas que no se le acercasen porque le quebrarían; que real y verdaderamente él no era como los otros hombres, que todo era de vidrio de pies a cabeza. Para sacarle de esta extraña imaginación, muchos, sin atender a sus voces y rogativas, arremetieron a él y le abrazaron, diciéndole que advirtiese y mirase cómo no se quebraba. Pero lo que se granjeaba en esto era que el pobre se echaba en el suelo, dando mil gritos, y luego le tomaba un desmayo, del cual no volvía en sí en cuatro horas, y cuando volvía era renovando las plegarias y rogativas de que otra vez no llegasen. Decía que le hablasen desde lejos y le preguntasen lo que quisiesen, porque a todo les respondería con más entendimiento, por ser hombre de vidrio y no de carne; que el vidrio, por ser de materia sutil y delicada, obra por ella el alma con más prontitud y eficacia, que no por la del cuerpo, pesada y terrestre.

Quisieron algunos experimentar si era verdad lo que decía, y así le preguntaron muchas y difíciles cosas, a las cuales respondió espontáneamente con grandísima agudeza de ingenio, cosa que causó admiración a los más letrados de la universidad y a los profesores de la medicina y filosofía, viendo que en un sujeto donde se contenía tan extraordinaria locura como el pensar que fuese de vidrio, se encerrase tan grande entendimiento, que respondiese a toda pregunta con propiedad y agudeza. Pidió Tomás le diesen alguna funda donde pusiese aquel vaso quebradizo de su cuerpo, porque al vestirse algún vestido estrecho no se quebrase; y así le dieron una ropa parda y una camisa muy ancha, que él se vistió con mucho tiento y se ciñó con una cuerda de algodón. No quiso zapatos en ninguna manera, y el orden que tuvo para que le diesen de comer sin que a él llegasen, fue poner en la punta de una vara una vasera de orinal, en la cual le ponían alguna cosa de fruta de las que la sazón del tiempo les ofrecía; carne ni pescado no lo quería; no bebía sino en fuente o en río, y esto con las manos; cuando andaba por las calles iba por la mitad de ellas, mirando a los tejados, temeroso no le cayese alguna teja encima y le quebrase; los veranos dormía en el campo a cielo abierto, y los inviernos se metía en algún mesón, y en el pajar se enterraba hasta la garganta, diciendo que aquella era la más propia y más segura cama que podían tener los hombres de vidrio; cuando tronaba, temblaba como un azogado, y se salía al campo y no entraba en poblado hasta haber pasado la tempestad.

Tuviéronle encerrado sus amigos mucho tiempo, pero viendo que su desgracia pasaba adelante determinaron de condescender con lo que él les pedía, que era le dejasen andar libre.

Y así le dejaron, y él salió por la ciudad, causando admiración y lástima a todos los que le conocían. Cercáronle luego los muchachos; pero él, con la vara, los detenía y les rogaba le hablasen apartados, porque no se quebrase, que por ser hombre de vidrio era muy tierno y quebradizo. Los muchachos, que son la más traviesa generación del mundo, a despecho de sus ruegos y voces le comenzaron a tirar trapos y aun piedras, por ver si era de vidrio como él decía; pero él daba tantas voces y hacía tales extremos que movía a los hombres a que riñesen y castigasen a los muchachos porque no le tirasen.

Mas un día que le fatigaron mucho, se volvió a ellos, diciendo:

–¿Qué me queréis, muchachos, porfiados como moscas, sucios como chinches, atrevidos como pulgas? ¿Soy yo, por ventura, el monte Testacho de Roma para que me tiréis tantos tiestos y tejas?

Por oírle reñir y responder a todos le seguían siempre muchos, y los muchachos tomaron y tuvieron por mejor partido antes oirle que tirarle. Pasando, pues, una vez por la ropería de Salamanca, le dijo una ropera:

—En mi ánima, señor licenciado, que me pesa de su desgracia. ¿Pero qué haré que no puedo llorar?

El se volvió a ella, y muy mesurado, le dijo:

—*Filiae Hierusalem, plorate super vos, et super filios vestros.*

Entendió el marido de la ropera la malicia del dicho, y díjole:

—Hermano licenciado Vidriera —que así decía él que se llamaba—, más tenéis de bellaco que de loco.

—No se me da un ardite —respondió él—, como no tenga nada de necio.

Pasando un día por la casa llana y venta común, vio que estaban a la puerta de ella muchas de sus moradoras, y dijo que eran bagajes del ejército de Satanás, que estaban alojados en el mesón del infierno.

Preguntóle uno que qué consejo o consuelo daría a un amigo suyo que estaba muy triste porque su mujer se le había ido con otro.

A lo cual respondió:

—Dile que dé gracias a Dios por haber permitido le llevasen de casa a su enemigo.

—Luego, ¿no irá a buscarla? —dijo el otro.

—Ni por pienso —replicó Vidriera—, porque sería el hallarla hallar un perpetuo y verdadero testigo de su deshonra.

—Ya que eso sea así —dijo el mismo—, ¿qué haré yo para tener paz con mi mujer?

Respondióle:

—Dale lo que hubiere menester. Déjala que mande a todos los de tu casa, pero no sufras que ella te mande a ti.

Díjole un muchacho:

—Señor licenciado Vidriera, yo me quiero desgarrar de mi padre, porque me azota muchas veces.

Y respondióle:

—Advierte, niño, que los azotes que los padres dan a los hijos, honran, y los del verdugo, afrentan.

Estando a la puerta de una iglesia vio que entraba un labrador de los que siempre blasonan de cristianos viejos, y detrás venía uno que no estaba en tan buena opinión como el primero, y el licenciado dio grandes voces al labrador, diciendo:

—Esperad, Domingo, a que pase el sábado.

De los maestros de escuela decía que eran dichosos, pues trataban siempre con ángeles, y que fueran dichosísimos, si los angelitos no fueran mocosos. Otro le preguntó que qué le parecía de las alcahuetas. Respondió que no lo eran las apartadas, sino las vecinas.

Las nuevas de su locura y de sus respuestas y dichos se extendieron por toda Castilla, y llegando a noticia de un príncipe o señor que estaba en la Corte, quiso enviar por él, y encargóselo a un caballero amigo suyo, que estaba en Salamanca, que se lo enviase.

Y topándole el caballero un día, le dijo:

—Sepa el señor Licenciado Vidriera que un gran personaje de la Corte le quiere ver y envía por él.

A lo cual respondió:

—Vuesa merced me excuse con ese señor, que yo no soy bueno para palacio, porque tengo vergüenza y no sé lisonjear.

Con todo esto, el caballero le envió a la Corte, y para traerle usaron con él de esta invención: pusiéronle en unas árguenas de paja, como aquellas donde llevan el vidrio, igualando los tercios con piedras, y entre paja, puestos algunos vidrios, porque se diese a entender que como vaso de vidrio le llevaban.

Llegó a Valladolid, donde en aquel tiempo estaba la Corte. Entró de noche, y desembanastáronle en la casa del señor que había enviado por él, de quien fue muy bien recibido, diciéndole:

—Sea muy bien venido el señor Licenciado Vidriera. ¿Cómo ha ido en el camino? ¿Cómo va de salud?

A lo cual respondió:

—Ningún camino hay malo como se acabe, sino es el que va a la horca. De salud estoy neutral; porque están encontrados mis pulsos con mi celebro.

Otro día, habiendo visto en muchas alcándaras muchos neblíes y otros pájaros de volatería, dijo que la caza de altanería era digna de príncipes y grandes señores; pero que advirtiesen que con ella echaba el gusto censo sobre el provecho a más de dos mil por uno. La caza de liebres, dijo que era muy gustosa, y más cuando se cazaba con galgos prestados. El caballero gustó de su locura y dejóle salir por la ciudad debajo del amparo y guarda de un hombre que tuviese cuenta que los muchachos no le hiciesen mal, de los cuales y de toda la Corte fue conocido en seis días, y a cada paso, en cada calle, y en cualquiera esquina, respondía a todas las preguntas que le hacían, entre las cuales le preguntó un estudiante si era poeta, porque le parecía que tenía ingenio para todo.

A lo cual respondió:

—Hasta ahora no he sido tan necio ni tan venturoso.

—No entiendo eso de necio y venturoso —dijo el estudiante.

Y respondió Vidriera:

—No he sido tan necio que diese en poeta malo, ni tan venturoso que haya merecido serlo bueno.

Preguntóle otro estudiante que en qué estimación tenía a los poetas. Respondió que a la ciencia, en mucha; pero que a los poetas, en ninguna. Replicáronle que por qué decía aquello. Respondió que del infinito número de poetas que había eran tan pocos los buenos que casi no hacían número. Y así, como si no hubiese poetas, no los estimaba; pero que admiraba y reverenciaba la ciencia de la poesía, porque encerraba en sí todas las ciencias, porque de todas se sirve, de todas se adorna y pule, y saca a luz sus maravillosas obras, con que llena el mundo de provecho, de deleite y de maravilla.

Añadió más:

—Yo bien sé en lo que se debe estimar un buen poeta, porque se me acuerda de aquellos versos de Ovidio, que dicen:

Cura ducum fuerunt olim Regumque poetae:
Proemiaque antiqui magna tulere chori.
Sanctaque majestas, et erat venerabile nomen
Vatibus et largae soepe dabantur opes.

Y menos se me olvida la alta calidad de los poetas, pues los llama Platón intérpretes de los dioses, y de ellos dice Ovidio:

Est Deus in nobis, agitante calescimus illo.

Y también dice:

At sacri vates, et Divum cura vocamur.

Esto se dice de los buenos poetas; que de los malos, de los churrulleros, ¿qué se ha de decir sino que son la idiotez y la ignorancia del mundo?

Y añadió más:

—¿Qué es ver a un poeta de estos de la primera impresión cuando quiere decir un soneto a otros que le rodean, las salvas que les hace, diciendo: "Vuesas mercedes escuchen un sonetillo que anoche a cierta ocasión hice, que, a mi parecer, aunque no vale nada, tiene un no sé qué de bonito"? Y en esto tuerce los labios, pone en arco las cejas, se rasca la faldriquera, y entre otros mil papeles mugrientos y medio rotos, donde queda otro millar de sonetos, saca el que quiere relatar, y al fin le dice con tono melifluo y alfeñicado. Si acaso los que le escuchan, de socarrones o de ignorantes no se le alaban, dice: "O vuesas mercedes no han entendido el soneto o yo no le he sabido decir, y así será bien recitarle otra vez, y que vuesas mercedes le presten más atención; porque en verdad en verdad, que el soneto lo merece". Y vuelve, como primero, a recitarle con nuevos ademanes y nuevas pausas. Pues ¿qué es verlos censurar los unos a los otros? ¿Qué diré del ladrar que hacen los cachorros y modernos a los mastinazos antiguos y graves? Y ¿qué de los que murmuran de algunos ilustres y excelentes sujetos, donde resplandece la verdadera luz de la poesía, que tomándola por alivio y entretenimiento de sus muchas y graves ocupaciones, muestran la divinidad de sus ingenios y la alteza de sus conceptos, a despecho y pesar del circunspecto ignorante, que juzga de lo que no sabe y aborrece lo que no entiende? ¿Y del que quiere que se estime y tenga en precio la necedad que se sienta debajo de doseles, y la ignorancia que se arrima a los sitiales?

Otra vez le preguntaron qué era la causa de que los poetas por la mayor parte eran pobres. Respondió que porque ellos querían; pues estaba en su mano ser ricos, si se sabían aprovechar de la ocasión que por momentos traían entre las manos, que eran las de sus damas, que todas eran riquísimas en extremo, pues tenían los cabellos de oro; la frente, de plata bruñida; los ojos, de verdes esmeraldas; los dientes, de marfil; los labios, de coral, y la garganta, de cristal transparente, y que lo que lloraban era líquidas perlas. Y más, que lo que sus plantas pisaban, por dura y estéril tierra que fuese, al momento producía jazmines y rosas, que su aliento era de puro ámbar, almizcle y algalia; y que todas estas cosas eran señales y muestras de su mucha riqueza.

Estas y otras cosas decía de los malos poetas, que de los buenos siempre dijo bien, y los levantó sobre el cuerno de la luna.

Vio un día, en la acera de San Francisco, unas figuras pintadas de mala mano, y dijo que los buenos pintores imitaban la naturaleza, pero que los malos la vomitaban.

Arrimóse un día, con grandísimo tiento porque no se quebrase, a la tienda de un librero, y díjole:

—Este oficio me contentara mucho, si no fuera por una falta que tiene.

Preguntóle el librero se la dijese.

Respondióle:

—Los melindres que hacen cuando compran el privilegio de un libro, y la burla que hacen a su autor si acaso le imprime a su costa; pues en lugar de mil y quinientos, imprimen tres mil libros, y cuando el autor piensa que se venden los suyos, se despachan los ajenos.

Acaeció este mismo día que pasaron por la plaza seis azotados, y diciendo el pregón: "Al primero por ladrón", dio grandes voces a los que estaban delante de él, diciéndoles:

—Apartaos, hermanos, no comience aquella cuenta por algunos de vosotros.

Y cuando el pregonero llegó a decir: "Al trasero", dijo:

—Aquél por ventura debe de ser el fiador de los muchachos.

Un muchacho le dijo:

—Hermano Vidriera, mañana sacan a azotar una alcahueta.

Respondióle:

—Si dijeras que sacaban a azotar a un alcahuete, entendiera que sacaban a azotar un coche.

Hallóle allí uno de estos que llevan sillas de manos, y díjole:

—De nosotros, licenciado, ¿no tenéis qué decir?

—No —respondió Vidriera—, sino que sabe cada uno de vosotros más pecados que un confesor. Mas es con esta diferencia: que el confesor los sabe para tenerlos secretos, y vosotros para publicarlos por las tabernas.

Oyó esto un mozo de mulas, porque de todo género de gente le estaba escuchando contino, y díjole:

—De nosotros, señor Redoma, poco o nada hay que decir, porque somos gente de bien y necesaria en la república.

A lo cual respondió Vidriera:

—La honra del amo descubre la del criado. Según esto, mira a quién sirves y verás cuán honrado eres. Mozos sois vosotros de la más ruin canalla que sustenta la tierra. Una vez, cuando no era de vidrio, caminé una jornada en una mula de alquiler, tal, que le conté ciento y veintiuna tachas, todas capitales y enemigas del género humano. Todos los mozos de mulas tienen su punta de rufianes, su punta de cacos y su es no es de truhanes. Si sus amos —que así llaman ellos a los que llevan en sus mulas—, son boquimuelles, hacen más suertes en ellos que las que echaron en esta ciudad los años pasados. Si son extranjeros, los roban; si estudiantes, los maldicen; si religiosos, los reniegan; y si soldados, los tiemblan. Éstos, y los marineros, y carreteros, y arrieros, tienen un modo de vivir extraordinario, y sólo para ellos. El carretero pasa lo más de la vida en espacio de vara y media de lugar; que poco más debe de haber del yugo de las mulas a la boca del carro. Canta la mitad del tiempo, y la otra mitad, reniega. Y en decir: "Háganse a zaga", se les pasa otra muy gran parte. Y si acaso les queda por sacar alguna rueda de algún atolladero, más se ayudan de dos pésetes que de tres mulas. Los marineros son gente gentil e inurbana, que no sabe otro lenguaje que el que se usa en los navíos: en la bonanza son diligentes, y en la borrasca, perezosos; en la tormenta mandan muchos y obedecen pocos; su Dios, es su arca; y su rancho, y su pasatiempo, ver mareados a los pasajeros. Los arrieros son gente que ha hecho divorcio con las sábanas y se ha casado con las enjalmas; son tan diligentes y presurosos que a trueco de no perder la jornada perderán el alma; su música es la del mortero; su salsa, el hambre; sus maitines, levantarse a dar sus piensos, y sus misas, no oír ninguna.

Cuando esto decía estaba a la puerta de un boticario, y volviéndose al dueño, le dijo:

—Vuesa merced tiene un saludable oficio, si no fuese tan enemigo de sus candiles.

—¿En qué modo soy enemigo de mis candiles? —preguntó el boticario.

Y respondió Vidriera:

—Esto digo, porque en faltando cualquier aceite lo suple el del candil que está más a mano. Y aun tiene otra cosa este oficio, bastante a quitar el crédito al más acertado médico del mundo.

Preguntándole por qué, respondió que había boticario que por no atreverse, ni osar decir, que faltaba en su botica lo que recetaba el médico, por las cosas que le faltaban, ponía otras que, a su parecer, tenían la misma virtud y calidad, no siendo así; y con esto, la medicina, mal compuesta, obraba al revés de lo que había de obrar la bien ordenada.

Preguntóle entonces uno que qué sentía de los médicos, y respondió esto:

—*Honora medicum propter necessitatem, etenim creavit eum Altissimus: a Deo enim est omnis medela, et a Rege acipiet donationem: disciplina medici exaltavit caput illius, et in conspectu magnatum collaudavitur: Altissimus de terra creavit medicinam, et vir prudens non abhorrevit illam.* Esto dice —dijo— el Eclesiástico, de la medicina y de los buenos médicos; y de los malos, se podría decir todo al revés; porque no hay gente más dañosa a la república que ellos. El juez nos puede torcer o dilatar la justicia; el letrado, sustentar por su interés nuestra injusta demanda;

113

el mercader, chuparnos la hacienda; finalmente, todas las personas con quien de necesidad tratamos nos pueden hacer algún daño; pero, quitarnos la vida, sin quedar sujetos al temor del castigo, ninguno. Sólo los médicos nos pueden matar, y nos matan, sin temor y a pie quedo, sin desenvainar otra espada que la de un récipe. Y no hay descubrirse sus delitos, porque al momento los meten debajo de la tierra. Acuérdaseme que cuando yo era hombre de carne y no de vidrio, como ahora soy, que a un médico de estos de segunda clase le despidió un enfermo por curarse con otro, y el primero, de allí a cuatro días, acertó a pasar por la botica donde recetaba el segundo y preguntó al boticario que cómo le iba al enfermo que él había dejado y que si le había recetado alguna purga el otro médico. El boticario le respondió que allí tenía una receta de purga que el día siguiente había de tomar el enfermo. Dijo que se la mostrase, y vio que al fin de ella estaba escrito: "sumat diluculo". Y dijo: "Todo lo que lleva esta purga me contenta, sino es este 'diluculo', porque es húmido demasiadamente".

Por estas y otras cosas que decía de todos los oficios se andaban tras él sin hacerle mal y sin dejarle sosegar. Pero, con todo esto, no se pudiera defender de los muchachos, si su guardián no le defendiera.

Preguntóle uno qué haría para no tener envidia a nadie. Respondióle:

—Duerme; que todo el tiempo que durmieres, serás igual al que envidias.

Otro le preguntó qué remedio tendría para salir con una comisión que hacía dos años que la pretendía.

Y díjole:

—Parte a caballo y a la mira de quien la lleva, y acompáñale hasta salir de la ciudad, y así saldrás con ella.

Pasó acaso una vez por delante donde él estaba, un juez de comisión, que iba de camino a una causa criminal, y llevaba mucha gente consigo y dos alguaciles. Preguntó quién era, y como se lo dijeron, dijo:

—Yo apostaré que lleva aquel juez víboras en el seno,

pistoletes en la tinta y rayos en las manos para destruir todo lo que alcanzare su comisión. Yo me acuerdo haber tenido un amigo que en una comisión criminal que tuvo dio una sentencia tan exorbitante que excedía en muchos quilates a la culpa de los delincuentes. Preguntéle que por qué había dado aquella tan cruel sentencia y hecho tan manifiesta injusticia. Respondióme que pensaba otorgar la apelación y que con esto dejaba campo abierto a los señores del consejo para mostrar su misericordia, moderando y poniendo aquella su rigurosa sentencia en su punto y debida proporción. Yo le respondí que mejor fuera haberla dado de manera que les quitara de aquel trabajo; pues con esto le tuvieran a él por juez recto y acertado.

En la rueda de la mucha gente que, como se ha dicho, siempre le estaba oyendo estaba un conocido suyo, en hábito de letrado, al cual otro le llamó señor licenciado, y sabiendo Vidriera que el tal a quien llamaron licenciado no tenía ni aun titulo de bachiller, le dijo:

—Guardaos, compadre, no encuentren con vuestro título los frailes de la redención de cautivos, que os le llevarán por mostrenco.

A lo cual dijo el amigo:

—Tratémonos bien, señor Vidriera, pues ya sabéis vos que soy hombre de altas y de profundas letras.

Respondióle Vidriera:

—Ya yo sé que sois un Tántalo en ellas, porque se os van por altas, y no las alcanzáis de profundas.

Estando una vez arrimado a la tienda de un sastre, viole que estaba mano sobre mano, y díjole:

—Sin duda, señor maese, que estáis en camino de salvación.

—¿En qué lo veis? —preguntó el sastre.

—¿En qué lo veo? —respondió Vidriera—. Véolo en que pues no tenéis qué hacer, no tendréis ocasión de mentir —y añadió—: desdichado del sastre que no miente, y cose las fiestas. Cosa maravillosa es que casi en todos los de este oficio apenas se hallará uno que haga un vestido justo, habiendo tantos que los hagan pecadores.

De los zapateros decía que jamás hacían, conforme a su parecer, zapato malo; porque si al que se le calzaba venía estrecho y apretado, le decían que así había de ser por ser de galanes calzar justo, y que en trayéndoles dos horas, vendrían más anchos que alpargates; y si le venían anchos, decían que así habían de venir por amor de la gota.

Un muchacho agudo, que escribía en un oficio de provincia, le apretaba mucho con preguntas y demandas, y le traía nuevas de lo que en la ciudad pasaba, porque sobre todo discantaba y a todo respondía. Éste le dijo una vez:

—Vidriera, esta noche se murió en la cárcel un banco que estaba condenado a ahorcar.

A lo cual respondió:

—Él hizo bien a darse prisa a morir antes que el verdugo se sentara sobre él.

En la acera de San Francisco estaba un corro de genoveses, y pasando por allí uno dellos le llamó, diciéndole:

—Lléguese acá el señor Vidriera y cuéntenos un cuento.

El respondió:

—No quiero, porque no me le paséis a Génova.[1]

Topó una vez a una tendera que llevaba delante de sí una hija suya muy fea, pero muy llena de dijes, de galas, y de perlas, y díjole a la madre:

—Muy bien habéis hecho en empedrarla, porque se pueda pasear.

De los pasteleros dijo que había muchos años que jugaban a la dobladilla, sin que les llevasen la pena, porque habían hecho el pastel de a dos, (*maravedises*) de a cuatro; el de a cuatro, de a ocho, y el de a ocho, de medio real, por sólo su albedrío y beneplácito. De los titereros decía mil males: decía que era gente vagabunda y que trataba con indecencia de las cosas divinas; porque con las figuras que mostraban en sus retratos, volvían la devoción en risa, y que les acontecía envasar en su costal todas o las más figuras del Testamento viejo y nuevo, y sentarse sobre él a comer y beber en los bodegones

---

1 Llevábanse a Génova muchos cuentos o millones de reales.

y tabernas. En resolución, decía que se maravillaba de cómo quien podía no les ponía perpetuo silencio en sus retablos o los desterraba del reino.

Acertó a pasar una vez por donde él estaba un comediante vestido como un príncipe. Y, en viéndole, dijo:

—Yo me acuerdo haber visto a éste salir al teatro, enharinado el rostro y vestido un zamarro del revés, y con todo esto, a cada paso, fuera del tablado, jura a fe de hijodalgo.

—Débelo de ser —respondió uno—, porque hay muchos comediantes que son muy bien nacidos e hijosdalgos.

—Así será verdad —replicó Vidriera—; pero lo que menos ha menester la farsa es personas bien nacidas. Galanes, sí; gentileshombres y de expeditas lenguas. También sé decir de ellos que en el sudor de su cara ganan su pan con inllevable trabajo, tomando contino de memoria hechos perpetuos gitanos de lugar en lugar y de mesón en venta, desvelándose en contentar a otros; porque en el gusto ajeno consiste su bien propio. Tienen más que con su oficio no engañan a nadie, pues por momentos sacan su mercadería a pública plaza, al juicio y a la vista de todos. El trabajo de los autores es increíble, y su cuidado, extraordinario, y han de ganar mucho para que al cabo del año no salgan tan empeñados que les sea forzoso hacer pleito de acreedores. Y con todo esto son necesarios en la república, como lo son las florestas, las alamedas y las vistas de recreación, y como lo son las cosas que honestamente recrean. Decía que había sido opinión de un amigo suyo que el que servía a una comedianta, en sólo una, servía a muchas damas juntas; como era, a una reina, a una ninfa, a una diosa, a una fregona, a una pastora, y muchas veces caía la suerte en que sirviese en ella a un paje y a un lacayo; que todas estas y más figuras suele hacer una farsanta.

Preguntóle uno que cuál había sido el más dichoso del mundo. Respondió que *nemo*. Porque *nemo novit patrem; nemo sine crimine vivit; nemo sua sorte contentus; nemo ascendit in coelum*.

De los diestros dijo una vez que eran maestros de una ciencia o arte que cuando la habían menester no la sabían, y que tocaban algo en presuntuosos, pues querían reducir a demostraciones matemáticas, que son infalibles, los movimientos y pensamientos coléricos de sus contrarios. Con los que se teñían las barbas tenía particular enemistad. Y riñendo una vez delante de él dos hombres, que el uno era portugués, éste dijo al castellano, asiéndose de las barbas, que tenía muy teñidas:

—*Por istas barbas que teño no rostro.*

A lo cual acudió Vidriera, y dijo:

—Olhay, homen, naon digáis teño, sino tiño.

Otro traía las barbas jaspeadas y de muchos colores, culpa de la mala tinta, a quien dijo Vidriera que tenía las barbas de muladar overo. A otro que traía las barbas por mitad blancas y negras por haberse descuidado, y los cañones crecidos, le dijo que procurase de no porfiar ni reñir con nadie, porque estaba aparejado a que le dijesen que mentía por la mitad de la barba. Una vez contó que una doncella discreta y bien entendida, por acudir a la voluntad de sus padres, dio el "sí" de casarse con un viejo todo cano, el cual, la noche antes del día del desposorio, se fue, no al río Jordán, como dicen las viejas, sino a la redomilla del aguafuerte y plata, con que renovó de manera su barba, que la acostó de nieve, y la levantó de pez. Llegóse la hora de darse las manos, y la doncella conoció por la pinta y por la tinta la figura y dijo a sus padres que le diesen el mismo esposo que ellos le habían mostrado, que no quería otro. Ellos le dijeron que aquel que tenía delante era el mismo que le habían mostrado y dado por esposo. Ella replicó que no era, y trajo testigos como el que sus padres le dieron era un hombre grave y lleno de canas, y que pues el presente no las tenía, no era él, y se llamaba a engaño. Atúvose a esto, corrióse el teñido y deshízose el casamiento.

Con las dueñas tenía la misma ojeriza que con los escabechados. Decía maravillas de su *permafoy*, de las mortajas de sus tocas, de sus muchos melindres, de sus escrúpulos y de su extraordinaria miseria. Amohinábanle sus flaquezas de estómago, sus vaguidos de cabeza, su modo de hablar con más repulgos que sus tocas, y, finalmente, su inutilidad y sus vainillas.

Uno le dijo:

—¿Qué es esto, señor licenciado, que os he oído decir mal de muchos oficios, y jamás lo habéis dicho de los escribanos, habiendo tanto que decir?

A lo cual respondió:

—Aunque de vidrio, no soy tan frágil que me deje ir con la corriente del vulgo, las más veces engañado. Paréceme a mí que la gramática de los murmuradores y el la, la, la de los que cantan, son los escribanos; porque así como no se puede pasar a otras ciencias si no es por la puerta de la gramática, y como el músico primero murmura que canta, así los maldicientes por donde comienzan a demostrar la malignidad de sus lenguas, es por decir mal de los escribanos y alguaciles, y de los otros ministros de la justicia, siendo un oficio, el del escribano, sin el cual andaría la verdad por el mundo a sombra de tejados y maltratada. Así dice el Eclesiástico: *In manum Dei potestas hominis est, et super faciem scribae imponet honorem.* Es el escribano, persona pública, y el oficio del juez no se puede ejercitar cómodamente sin el suyo. Los escribanos han de ser libres, y no esclavos, ni hijos de esclavos. Legítimos, no bastardos; ni de ninguna mala raza nacidos. Juran secreto, fidelidad, y que no harán escritura usuraria; que ni amistad ni enemistad, provecho o daño, les moverá a no hacer su oficio con buena y cristiana conciencia. Pues si este oficio tantas buenas partes requiere, ¿por qué se ha de pensar que de más de veinte mil escribanos que hay en España, se lleve el diablo la cosecha, como si fuesen cepas de su majuelo? No lo quiero creer, ni es bien que ninguno lo crea. Porque, finalmente digo, que es la gente más necesaria que había en las repúblicas bien ordenadas; y que si llevaban demasiados derechos, también hacían demasiados tuertos, y que de estos dos extremos podía resultar un medio que les hiciese mirar por el virote.

De los alguaciles dijo que no era mucho que tuviesen algunos enemigos, siendo su oficio, o prenderte, o sacarte la hacienda de casa, o tenerte en la suya en guarda, y comer a tu costa. Tachaba la negligencia e ignorancia de los procuradores y solicitadores, comparándolos a los médicos; los cuales, que sane o no sane el enfermo, ellos llevan su propina; y los procuradores y solicitadores, lo mismo, salgan o no salgan con el pleito que ayudan.

Preguntóle uno cuál era la mejor tierra.

Respondió que la temprana y agradecida.

Replicó el otro:

—No pregunto eso, sino que cuál es mejor lugar, Valladolid o Madrid.

Y respondió:

—De Madrid, los extremos; de Valladolid, los medios.

—No lo entiendo —repitió el que se lo preguntaba.

Y dijo:

—De Madrid, cielo y suelo; de Valladolid, los entresuelos.

Oyó Vidriera que dijo un hombre a otro que así como había entrado en Valladolid, había caído su mujer muy enferma, porque la había probado la tierra.

A lo cual dijo Vidriera:

—Mejor fuera que se la hubiera comido, si acaso es celosa.

De los músicos y de los correos de a pie decía que tenían las esperanzas y las suertes limitadas; porque los unos la acaban con llegar a serlo de a caballo, y los otros, con alcanzar a ser músicos del rey. De las damas que llaman cortesanas, decía que todas, o las más, tenían más de corteses que de sanas.

Estando un día en una iglesia vio que traían a enterrar un viejo, a bautizar a un niño y a velar a una mujer, todo a un mismo tiempo. Y dijo que los templos eran campos de batalla, donde los viejos acaban, los niños vencen y las mujeres triunfan.

Picábale una vez una avispa en el cuello, y no se la osaba sacudir por no quebrarse; pero con todo eso, se quejaba. Preguntóle uno que cómo sentía aquella avispa si era su cuerpo de vidrio. Y respondió que aquella avispa debía de ser murmuradora, y que las lenguas y picos de los murmuradores eran bastantes a desmoronar cuerpos de bronce, no que de vidrio.

Pasando acaso un religioso muy gordo por donde él estaba, dijo uno de sus oyentes:

—De hético no se puede mover el padre.

Enojóse Vidriera, y dijo:

—Nadie se olvide de lo que dice el Espíritu Santo: *Nolite tangere christos meos.*

Y subiéndose más en cólera, dijo que mirasen en ello y verían que de muchos santos, que de pocos años a esta parte había canonizado la Iglesia y puesto en el número de los bienaventurados ninguno se llamaba el capitán don Fulano, ni el secretario don Tal de don Tales, ni el conde, marqués o duque de tal parte; sino fray Diego, fray Jacinto, fray Raimundo, todos frailes y religiosos; porque las religiones son los aranjueces del cielo, cuyos frutos de ordinarios se ponen en la mesa de Dios.

Decía que las lenguas de los murmuradores eran como las plumas del águila, que roen y menoscaban todas las de las otras aves que a ellas se juntan. De los gariteros y tahúres decía milagros; decía que los gariteros eran públicos prevaricadores, porque en sacando el barato del que iba haciendo suertes, deseaban que perdiese y pasase el naipe adelante, porque el contrario las hiciese y él cobrase sus derechos. Alababa mucho la paciencia de un tahúr, que estaba toda una noche jugando y perdiendo, y con ser de condición colérico y endemoniado, a trueco de que su contrario no se alzase, no descosía la boca y sufría lo que un mártir de Barrabás. Alababa también las conciencias de algunos honrados gariteros, que ni por imaginación consentían que en su casa se jugasen otros juegos que polla y cientos; y con esto, a fuego lento, sin temor y nota de malsines, sacaban al cabo del mes más barato que los que consentían los juegos de estocada, de repáralo, siete y llevar y pinta en la del punto.

En resolución, él decía tales cosas que si no fuera por los grandes gritos que daba cuando le tocaban o a él se arrimaban, por el hábito que traía, por la estrecheza de su comida, por el modo con que bebía, por el no querer dormir sino al cielo abierto en el verano, y el invierno, en los pajares, como queda dicho, con que daba tan claras señales de su locura, ninguno pudiera creer sino que era uno de los más cuerdos del mundo.

Dos años o poco más duró en esta enfermedad, porque un religioso de la orden de San Jerónimo, que tenía gracia y ciencia particular en hacer que los mudos entendiesen y en cierta manera hablasen, y en curar locos, tomó a su cargo de curar a Vidriera, movido de caridad, le curó y sanó, y volvió a su primer juicio, entendimiento y discurso. Y así como le vio sano le vistió como a letrado y le hizo volver a la corte, adonde, con dar tantas muestras de cuerdo como las había dado de loco, podía usar su oficio y hacerse famoso por él.

Hízolo así, y llamándose el licenciado Rueda, no Rodaja, volvió a la corte, donde, apenas hubo entrado, cuando fue conocido de los muchachos. Mas cuando le vieron en tan diferente hábito del que solía, no le osaron dar grita ni hacer preguntas; pero seguíanle, y decían unos a otros:

—¿Este no es el loco Vidriera? ¡A fe que es él! ¡Ya viene cuerdo! Pero también puede ser loco bien vestido como mal vestido. Preguntémosle algo y salgamos de esta confusión.

Todo esto oía el licenciado, y callaba, e iba más confuso y más corrido que cuando estaba sin juicio. Pasó el conocimiento de los muchachos a los hombres, y antes que el licenciado llegase al patio de los Consejos, llevaba tras de sí más de doscientas personas de todas suertes. Con este acompañamiento, que era más que el de un catedrático, llegó al patio, donde le acabaron de circundar cuantos en él estaban.

Él, viéndose con tanta turba a la redonda, alzó la voz y dijo:

—Señores, yo soy el licenciado Vidriera; pero no el que solía. Soy ahora el licenciado Rueda. Sucesos y desgracias que acontecen en el mundo por permisión del cielo me quitaron el juicio, y las misericordias de Dios me lo han vuelto. Por las cosas que dicen que dije cuando loco, podéis considerar las que diré cuando cuerdo. Yo soy graduado en leyes por Salamanca, adonde estudié con pobreza y adonde llevé segundo en licencias, de do se puede inferir que más la virtud que el favor me dio el grado que tengo. Aquí he venido a este gran mar de la corte para abogar y ganar la vida; pero si no me dejáis, habré venido a bogar y granjear la muerte. Por amor de Dios, que no hagáis que el seguirme sea perseguirme, y que lo que alcancé por loco, que es el sustento, lo pierda por cuerdo. Lo que solíades preguntarme en las plazas, preguntádmelo ahora en mi casa, y veréis que el que os respondía bien de improviso os responderá mejor de pensado.

Escucháronle todos y dejáronle algunos. Volvióse a su posada con poco menos acompañamiento que había llevado. Salió otro día, y fue lo mismo; hizo otro sermón, no sirvió de nada. Perdía mucho y no ganaba cosa, y viéndose morir de hambre, determinó de dejar la corte y volverse a Flandes, donde pensaba valerse de las fuerzas de su brazo, pues no se podía valer de las de su ingenio.

Y poniéndolo en efecto, dijo al salir de la corte:

—¡Oh, corte, que alargas las esperanzas de los atrevidos pretendientes y acortas las de los virtuosos encogidos; sustentas abundantemente a los truhanes desvergonzados y matas de hambre a los discretos vergonzosos!

Esto dijo, y se fue a Flandes, donde la vida que había comenzado a eternizar por las letras la acabó de eternizar por las armas, en compañía de su buen amigo el capitán Valdivia, dejando fama, en su muerte, de prudente y valentísimo soldado.

RINCONETE Y CORTADILLO

En la venta del molinillo, que está puesta en los fines de los famosos campos de Alcudia, como vamos de Castilla a la Andalucía, un día de los calurosos del verano se hallaron en ella acaso dos muchachos de hasta edad de catorce a quince años el uno, y el otro no pasaba de diez y siete. Ambos de buena gracia, pero muy descosidos, rotos y maltratados. Capa, no la tenían; los calzones eran de lienzo, y las medias, de carne; bien es verdad que lo enmendaban los zapatos, porque los del uno eran alpargates tan traídos como llevados, y los del otro, picados y sin suelas, de manera que más le servían de cormas que de zapatos. Traía el uno montera verde de cazador. El otro, un sombrero sin toquilla, bajo de copa y ancho de falda. A la espalda, y ceñida por los pechos, traía el uno una camisa de color de camuza, encerrada y recogida toda en una manga; el otro venía escueto y sin alforjas, puesto que en el seno se le parecía un gran bulto, que, a lo que después pareció, era un cuello de los que llaman valones, almidonado con grasa, y, tan deshilado y roto, que todo parecía hilachas. Venían en él envueltos y guardados unos naipes de figura ovada, porque de ejercitarlos se les habían gastado las puntas, y porque durasen más se las cercenaron y los dejaron de aquel talle. Estaban los dos quemados del sol, las uñas caireladas, y las manos, no muy limpias. El uno tenía una media espada, y el otro, un cuchillo de cachas amarillas, que los suelen llamar vaqueros.

Saliéronse los dos a sestear en un portal o cobertizo que delante de la venta se hace, y sentándose frontero el uno del otro; el que parecía de más edad dijo al más pequeño:

—¿De qué tierra es vuesa merced, señor gentilhombre, y para dónde bueno camina?

—Mi tierra, señor caballero —respondió el preguntado—, no la sé, ni para dónde camino tampoco.

—Pues en verdad —dijo el mayor— que no parece vuesa merced del cielo, y que éste no es lugar para hacer su asiento en él; que por fuerza se ha de pasar adelante.

—Así es —respondió el mediano—; pero yo he dicho verdad en lo que he dicho. Porque mi tierra no es mía, pues no tengo en ella más de un padre que no me tiene por hijo y una madrastra que me trata como alnado. El camino que llevo es a la ventura, y allí le daría fin donde hallase quien me diese lo necesario para esta miserable vida.

—¿Y sabe vuesa merced algún oficio? —preguntó el grande.

Y el menor respondió:

—No sé otro sino que corro como una liebre, y salto como un gamo, y corto de tijera muy delicadamente.

—Todo eso es muy bueno, útil y provechoso —dijo el grande—; porque habrá sacristán que le dé a vuesa merced la ofrenda de Todos Santos, porque para el Jueves Santo le corte florones de papel para el monumento.

—No es mi corte de esa manera —respondió el menor—, sino que mi padre, por la misericordia del cielo, es sastre y calcetero y me enseñó a cortar antiparras, que, como vuesa merced bien sabe, son medias calzas con avampiés, que por su propio nombre se suelen llamar polainas, y córtolas tan bien, que en verdad que me podría examinar de maestro, sino que la corta suerte me tiene arrinconado.

—Todo eso y más acontece por los buenos —respondió el grande—, y siempre he oído decir que las buenas habilidades son las más perdidas. Pero aún edad tiene vuesa merced para enmendar su ventura. Mas, si yo no me engaño y el ojo no me miente, gracias tiene vuesa merced secretas, y no las quiere manifestar.

—Sí tengo —respondió el pequeño—; pero no son para en público, como vuesa merced ha muy bien apuntado.

A lo cual replicó el grande:

—Pues yo le sé decir que soy uno de los más secretos mozos que en grande parte se puedan hallar. Y para obligar a vuesa merced que descubra su pecho y descanse conmigo, le quiero obligar con descubrirle el mío primero; porque imagino que no sin misterio nos ha juntado aquí la suerte, y pienso que habemos de ser, de este hasta el último día de nuestra vida, verdaderos amigos. Yo, señor hidalgo, soy natural de la Fuenfrida, lugar conocido y famoso por los ilustres pasajeros que por él de contino pasan. Mi nombre es Pedro del Rincón; mi padre es persona de calidad, porque es ministro de la Santa Cruzada: quiero decir, que es bulero o buldero, como los llama el vulgo. Algunos días le acompañé en el oficio, y le aprendí de manera que no daría ventaja en echar las bulas al que más presumiese en ello. Pero habiéndome un día aficionado más al dinero de las bulas que a las mismas bulas, me abracé con un talego y di conmigo y con él en Madrid, donde, con las comodidades que allí de ordinario se ofrecen, en pocos días saqué las entrañas al talego y le dejé con más dobleces que pañizuelo de desposado. Vino el que tenía a cargo el dinero tras mí, prendiéronme, tuve poco favor, aunque viendo aquellos señores mi poca edad, se contentaron con que me arrimasen al aldabilla y me mosqueasen las espaldas por un rato, y con que saliese desterrado por cuatro años de la Corte. Tuve paciencia, encogí los hombros, sufrí la tanda y mosqueo, y salí a cumplir mi destierro, con tanta prisa, que no tuve lugar de buscar cabalgaduras. Tomé de mis alhajas las que pude y las que me parecieron más necesarias, y entre ellas saqué estos naipes (y a este tiempo descubrió los que se han dicho, que en el cuello traía), con los cuales he ganado mi vida por los mesones y ventas que hay desde Madrid aquí, jugando a la veintiuna; y aunque vuesa merced los ve tan astrosos y maltratados, usan de una maravillosa virtud con quien los entiende, que no alzará que no quede un as debajo; y si vuesa merced es versado en este juego, verá cuánta ventaja lleva el que sabe que tiene cierto un as a la primera carta, que le puede servir de un punto y de once; que con esta ventaja, siendo la veintiuna envidada, el dinero se queda en casa. Fuera de esto, aprendí de un cocinero de un cierto embajador ciertas tretas de quínolas, y del parar, a quien también llaman el andaboba que así como vuesa merced se puede examinar en el corte de sus antiparras, así puedo yo ser maestro en la ciencia villanesca. Con esto voy seguro de no morir de hambre; porque aunque llegue a un cortijo, hay quien quiera pasar tiempo jugando un rato, y de esto hemos de hacer luego la experiencia los dos: armemos la red, y veamos si cae algún pájaro de estos arrieros que aquí hay: quiero decir, que juguemos los dos a la veintiuna, como si fuese de veras; que si alguno quisiere ser tercero, él será el primero que deje la pecunia.

—Sea en buen hora —dijo el otro—, y en merced muy grande tengo la que vuesa merced me ha hecho en darme cuenta de su vida, con que me ha obligado a que yo no le encubra la mía, que, diciéndola más breve, es ésta: yo nací en el Pedroso, lugar puesto entre Salamanca y Medina del Campo. Mi padre es sastre. Enseñóme su oficio, y de corte de tijera, con mi buen ingenio, salté a cortar bolsas. Enfadóme la vida estrecha de la aldea y el desamorado trato de mi madrastra. Dejé mi pueblo, vine a Toledo a ejercitar mi oficio, y en él he hecho maravillas; porque no pende relicario de toca ni hay faldriquera tan escondida que mis dedos no visiten, ni mis tijeras no corten, aunque le estén guardando con los ojos de Argos. Y en cuatro meses que estuve en aquella ciudad, nunca fui cogido entre puertas, ni sobresaltado ni corrido de corchetes, ni soplado de ningún cañuto; bien es verdad que habrá ocho días que una espía doble dio noticia de mi habilidad al corregidor, el cual, aficionado a mis buenas partes, quisiera verme; mas yo, que por ser humilde no quiero tratar con personas tan graves, procuré de no verme con él. Y así, salí de la ciudad con tanta prisa, que no tuve lugar de acomodarme de cabalgaduras, ni blancas, ni de algún coche de retorno o, por lo menos, de un carro.

—Eso se borre —dijo Rincón—; y pues ya nos conocemos, no hay para qué aquesas grandezas ni altiveces. Confesemos llanamente que no tenemos blanca ni aun zapatos.

—Sea así —respondió Diego Cortado, que así dijo el menor que se llamaba—; y pues nuestra amistad, como vuesa merced, señor Rincón, ha dicho, ha de ser perpetua, comencémosla con santas y loables ceremonias.

—Y levantándose Diego Cortado, abrazó a Rincón y Rincón a él tierna y estrechamente, y luego se pusieron los dos a jugar a la veintiuna con los ya referidos naipes, limpios de polvo y de paja, mas no de grasa y malicia, y a pocas manos, alzaba también por el as Cortado como Rincón, su maestro.

Salió en esto un arriero a refrescarse al portal, y pidió que quería hacer tercio. Acogiéronle de buena gana, y en menos de media hora le ganaron doce reales y veintidós maravedíes, que fue darle doce lanzadas y veintidós mil pesadumbres. Y creyendo el arriero que por ser muchachos no se lo defenderían, quiso quitarles el dinero; mas ellos, poniendo el uno mano a su media espada, y el otro, al de las cachas amarillas, le dieron tanto que hacer, que a no salir sus compañeros, sin duda lo pasara harto mal.

A esta sazón pasaron acaso por el camino una tropa de caminantes a caballo, que iban a sestear a la venta del Alcalde, que está media legua más adelante; los cuales, viendo la pendencia del arriero con los dos muchachos, los apaciguaron y les dijeron que si acaso iban a Sevilla, que se viniesen con ellos.

—Allá vamos —dijo Rincón—, y serviremos a vuesas mercedes en todo cuanto nos mandaren.

Y sin más detenerse saltaron delante de las mulas y se fueron con ellos, dejando al arriero agraviado y enojado, y a la ventera, admirada de la buena crianza de los pícaros: que les había estado oyendo su plática, sin que ellos advirtiesen en ello; y cuando dijo al arriero que les había oído decir que los naipes que traían eran falsos, se pelaba las barbas, y quería ir a la venta tras ellos a cobrar su hacienda, porque decía que era grandísima afrenta y caso de menos valer que dos muchachos hubiesen engañado a un hombrazo tan grande como él. Sus compañeros le detuvieron y aconsejaron que no fuese, siquiera por no publicar su inhabilidad y simpleza. En fin, tales razones le dijeron que, aunque no le consolaron, le obligaron a quedarse.

En esto, Cortado y Rincón se dieron tan buena maña en servir a los caminantes, que lo más del camino los llevaban a las ancas; y aunque se les ofrecían algunas ocasiones de tentar las valijas de sus medios amos, no las admitieron, por no perder la ocasión tan buena del viaje a Sevilla, donde ellos tenían grande deseo de verse. Con todo esto, a la entrada de la ciudad, que fue a la oración y por la puerta de la Aduana, a causa del registro y almojarifazgo que se paga, no se pudo contener Cortado de no cortar la valija o maleta que a las ancas traía un francés de la camarada; y así, con el de sus cachas le dio tan larga y profunda herida, que se parecían patentemente las entrañas, y sutilmente le sacó dos camisas buenas, un reloj de sol y un librillo de memoria, cosas que cuando las vieron no les dieron mucho gusto, y pensando que pues el francés llevaba a las ancas aquella maleta, no la había de haber ocupado con tan poco peso como era el que tenían aquellas preseas, quisieran volver a darle otro tiento. Pero no lo hicieron, imaginando que ya lo habrían echado de menos, y puesto en recaudo lo que quedaba.

Habíanse despedido, antes que el salto hiciesen, de los que hasta allí los habían sustentado, y otro día vendieron las camisas en el malbaratillo que se hace fuera de la puerta del Arenal, y de ellas hicieron veinte reales. Hecho esto se fueron a ver la ciudad, y admiróles la grandeza y suntuosidad de su mayor iglesia, el gran concurso de gente del río, porque era en tiempo de cargazón de flota y había en él seis galeras, cuya vista les hizo suspirar, y aun temer el día que sus culpas les habían de traer a morar en ellas de por vida. Echaron de ver los muchos muchachos de la esportilla que por allí andaban;

informáronse de uno de ellos qué oficio era aquél, y si era de mucho trabajo, y de qué ganancia.

Un muchacho asturiano, que fue a quien le hicieron la pregunta, respondió que el oficio era descansado, y de que no se pagaba alcabala, y que algunos días salía con cinco y con seis reales de ganancia, con que comía y bebía, y triunfaba como cuerpo de rey, libre de buscar amo a quien dar fianzas y seguro de comer a la hora que quisiese, pues a todas lo hallaba en el más mínimo bodegón de toda la ciudad, en la cual había tantos y tan buenos.

No les pareció mal a los dos amigos la relación del asturianillo, ni les descontentó el oficio, por parecerles que venía como de molde para poder usar el suyo con cubierta y seguridad, por la comodidad que ofrecía de entrar en todas las casas; y luego determinaron de comprar los instrumentos necesarios para usarle, pues lo podían usar sin examen. Y preguntándole al asturiano qué habían de comprar, les respondió que sendos costales pequeños, limpios o nuevos, y cada uno tres espuertas de palma, dos grandes y una pequeña, en las cuales se repartía la carne, pescado y fruta, y en el costal, el pan. Y él les guió donde lo vendían; ellos, del dinero de la galima del francés, lo compraron todo, y dentro de dos horas pudieran estar graduados en el nuevo oficio, según les ensayaban las esportillas y asentaban los costales. Avisóles su adalid de los puestos donde habían de acudir: por las mañanas, a la carnicería y a la plaza de San Salvador; los días de pescado, a la pescadería y a la Costanilla; todas las tardes, al río; los jueves, a la feria.

Toda esta lección tomaron bien de memoria, y otro día, bien de mañana, se plantaron en la plaza de San Salvador, y apenas hubieron llegado, cuando los rodearon otros mozos del oficio que por lo flamante de los costales y espuertas vieron ser nuevos en la plaza; hiciéronles mil preguntas y a todas respondían con discreción y mesura. En esto llegaron un medio estudiante y un soldado, y convidados de la limpieza de las espuertas de los dos novatos, el que parecía estudiante llamó a Cortado, y el soldado, a Rincón.

—En nombre sea de Dios —dijeron ambos.

—Para bien se comience el oficio —dijo Rincón—; que vuesa merced me estrena, señor mío.

A lo cual respondió el soldado:

—La estrena no será mala, porque estoy de ganancia; y soy enamorado, y tengo de hacer hoy banquete a unas amigas de mi señora.

—Pues cargue vuesa merced a su gusto; que ánimo tengo y fuerzas para llevarme toda esta plaza, y aun si fuere menester que ayude a guisarlo, lo haré de muy buena voluntad.

Contentóse el soldado de la buena gracia del mozo, y díjole que si quería servir, que él le sacaría de aquel abatido oficio; a lo cual respondió Rincón que por ser aquel el día primero que le usaba, no le quería dejar tan presto hasta ver, a lo menos, lo que tenía de malo o bueno; y cuando no le contentase, él daba su palabra de servirle a él antes que a un canónigo.

Rióse el soldado, cargóle muy bien, mostróle la casa de su dama para que la supiese de allí adelante y él no tuviese necesidad, cuando otra vez le enviase, de acompañarle. Rincón prometió fidelidad y buen trato; diole el soldado tres cuartos, y en un vuelo volvió a la plaza, por no perder coyuntura; porque también de esta diligencia les advirtió el asturiano, y de cuando llevasen pescado menudo, conviene a saber, albures, o sardinas, o acedías bien podían tomar algunas, y hacerles la salva, siquiera para el gasto de aquel día; pero que esto había de ser con toda sagacidad y advertimiento, porque no se perdiese el crédito, que era lo que más importaba en aquel ejercicio.

Por presto que volvió Rincón, ya halló en el mismo puesto a Cortado. Llegóse Cortado a Rincón y preguntóle que cómo le había ido. Rincón abrió la mano y mostróle los tres cuartos. Cortado entró la suya en el seno y sacó una bolsilla, que mostraba haber sido de ámbar en los pasados tiempos; venía algo hinchada, y dijo:

—Con ésta me pagó su reverencia del estudiante, y con dos cuartos. Tomadla vos, Rincón, por lo que puede suceder.

Y habiéndosela ya dado secretamente, veis aquí do vuelve el estudiante trasudando y turbado de muerte, y viendo a Cortado le dijo si acaso había visto una bolsa de tales y tales señas, que con quince escudos de oro en oro, y con tres reales de a dos, y tantos maravedíes en cuartos y en ochavos, le faltaba, y que dijese si la había tomado en el entretanto que con él había andado comprando.

A lo cual, con extraño disimulo, sin alterarse ni mudarse en nada, respondió Cortado:

–Lo que yo sabré decir de esa bolsa es que no debe de estar, perdida, si ya no es que vuesa merced la puso a mal recaudo.

–¡Eso es ello, pecador de mí –respondió el estudiante–: que la debí de poner a mal recaudo, pues me la hurtaron!

–Lo mismo digo yo –dijo Cortado–; pero para todo hay remedio, si no es para la muerte, y el que vuesa merced podrá tomar es, lo primero y principal, tener paciencia; que de menos nos hizo Dios, y un día viene tras otro día, y donde las dan las toman, y podría ser que con el tiempo, el que llevó la bolsa se viniese a arrepentir y se la volviese a vuesa merced sahumada.

–El sahumerio le perdonaríamos –respondió el estudiante.

Y Cortado prosiguió diciendo:

–Cuanto más, que cartas de descomunión hay, paulinas y buena diligencia, que es madre de la buenaventura; aunque, a la verdad, no quisiera yo ser el llevador de la bolsa, porque si es que vuesa merced tiene alguna orden sacra, pareceríame a mí que había cometido algún grande incesto o sacrilegio.

–¡Y cómo que ha cometido sacrilegio! –dijo a esto el dolorido estudiante–; que puesto caso que yo no soy sacerdote, sino sacristán de unas monjas, el dinero de la bolsa era del tercio de una capellanía, que me dio a cobrar un sacerdote amigo mío, y es dinero sagrado y bendito.

–Con su pan se lo coma –dijo Rincón a este punto–. No le arriendo la ganancia. Día de juicio hay, donde todo saldrá como dicen, en la colada, y entonces se verá quién fue Callejas, y el atrevido que se atrevió a tomar, hurtar y menoscabar el tercio de la capellanía. Y ¿cuánto renta cada año? Dígame, señor sacristán, por su vida.

—¡Renta la puta que me parió! ¿Y estoy yo ahora para decir lo que renta? —respondió el sacristán con algún tanto de demasiada cólera— Decidme, hermano, si sabéis algo; si no, quedad con Dios; que yo la quiero hacer pregonar.

—No me parece mal remedio ése —dijo Cortado—; pero advierta vuesa merced no se le olviden las señas de la bolsa, ni la cantidad puntualmente del dinero que va en ella; que si yerra en un ardite, no parecerá en días del mundo, y esto le doy por hado.

—No hay que temer de eso —respondió él sacristán—, que lo tengo más en la memoria que el tocar de las campanas. No me erraré en un átomo.

Sacó en esto de la faldriquera un pañuelo randado para limpiarse el sudor, que llovía de su rostro como de alquitara, y apenas le hubo visto Cortado, cuando le marcó por suyo y habiéndose ido el sacristán, Cortado le siguió y le alcanzó en las Gradas, donde le llamó y le retiró a una parte, y allí le comenzó a decir tantos disparates, al modo de lo que llaman bernardinas, cerca del hurto y hallazgo de su bolsa, dándole buenas esperanzas, sin concluir jamás razón que comenzase, que el pobre sacristán estaba embelesado escuchándole. Y como no acababa de entender lo que le decía, hacía que le repitiese la razón dos y tres veces.

Estábale mirando Cortado a la cara atentamente, y no quitaba los ojos de sus ojos. El sacristán le miraba de la misma manera, estando colgado de sus palabras. Este tan grande embelesamiento dio lugar a Cortado que concluyese su obra, y sutilmente sacó el pañuelo de la faldriquera, y despidiéndose de él, le dijo que a la tarde procurase de verle en aquel mismo lugar, porque él traía entre ojos que un muchacho de su mismo oficio y de su mismo tamaño, que era algo ladroncillo, le había tomado la bolsa, y que él se obligaba a saberlo, dentro de pocos o de muchos días.

Con esto se consoló algo el sacristán, y se despidió de Cortado, el cual se vino donde estaba Rincón, que todo lo había visto un poco apartado de él; y más abajo, otro mozo de la esportilla que vio todo lo que había pasado y cómo Cortado daba el pañuelo a Rincón, y llegándose a ellos, les dijo:

—Díganme, señores galanes: ¿voacedes son de mala entrada o no?

—No entendemos esa razón, señor galán —respondió Rincón.

—¿Que no *entrevan,* señores *murcios?* —respondió el otro.

—No somos de Teba ni de Murcia —dijo Cortado—: si otra cosa quiere, dígala; si no, váyase con Dios.

—¿No lo entienden? —dijo el mozo—. Pues yo se lo daré a entender, y a beber, con una cuchara de plata; quiero decir señores, si son vuesas mercedes ladrones. Mas no sé para qué les pregunto esto, pues sé ya que lo son. Mas díganme: ¿cómo no han ido a la aduana del señor Monipodio?

—¿Págase en esta tierra almojarifazgo de ladrones, señor galán? —dijo Rincón.

—Si no se paga —respondió el mozo—, a lo menos, regístranse ante el señor Monipodio, que es su padre, su maestro y su amparo; y así, les aconsejo que vengan conmigo a darle la obediencia, o si no, no se atrevan a hurtar sin su señal que les costará caro.

—Yo pensé —dijo Cortado— que el hurtar era oficio libre, horro de pecho y alcabala, y que si se paga es por junto, dando por fiadores a la garganta y a las espaldas; pero pues así es, y en cada tierra hay su uso, guardemos nosotros el de ésta, que por ser la más principal del mundo, será el más acertado de todo él. Y así, puede vuesa merced guiarnos donde está ese caballero que dice; que ya yo tengo barruntos, según lo que he oído decir, que es muy calificado y generoso, y además, hábil en el oficio.

¡Y cómo que es calificado, hábil y suficiente! —respondió el mozo—. Eslo tanto, que en cuatro años que ha que tiene el cargo de ser nuestro mayor padre, no han padecido sino cuatro en el *finibusterre,* y obras de treinta envesados, y de sesenta y dos en gurapas.

—En verdad, señor —dijo Rincón—, que así entendemos esos nombres como volar.

—Comencemos a andar; que yo les iré declarando por el camino —respondió el mozo—, con otros algunos, que así les conviene saberlos como el pan de la boca.

Y así, les fue diciendo y declarando otros nombres, de los que ellos llaman *germanescos* o de la *germanía*, en el discurso de su plática, que no fue corta, porque el camino era largo.

En el cual dijo Rincón a su guía:

—¿Es vuesa merced por ventura ladrón?

—Sí —respondió él—, para servir a Dios y a las buenas gentes, aunque no de los muy cursados; que todavía estoy en el año del noviciado.

A lo cual respondió Cortado:

—Cosa nueva es para mí que haya ladrones en el mundo para servir a Dios y a la buena gente.

A lo cual respondió el mozo:

—Señor, yo no me meto en *teologías*; lo que sé es que cada uno en su oficio puede alabar a Dios, y más con la orden que tiene dada Monipodio a todos sus ahijados.

—Sin duda —dijo Rincón— debe ser buena y santa, pues hace que los ladrones sirvan a Dios.

—Es tan santa y buena —replicó el mozo—, que no sé yo si se podrá mejorar en nuestro arte. Él tiene ordenado que de lo que hurtáremos demos alguna cosa o limosna para el aceite de la lámpara de una imagen muy devota que está en esta ciudad, y en verdad que hemos visto grandes cosas por esta buena obra; porque los días pasados dieron tres *ansias* a un *cuatrero* que había *murciado* dos roznos, y con estar flaco y cuartanario, así los sufrió sin *cantar*, como si fueran nada. Y esto atribuimos los del arte a su buena devoción, porque sus fuerzas no eran bastante para sufrir *el primer desconcierto* del verdugo. Y porque sé que me han de preguntar algunos vocablos de los que he dicho, quiero curarme en salud y decírselo antes que me lo pregunten. Sepan voacedes que *cuatrero* es ladrón de bestias; *ansia* es el tormento; *roznos*, los asnos, hablando con perdón; *primer desconcierto* son las primeras vueltas del cordel que da el verdugo. Tenemos más: que rezamos nuestro rosario, repartido en toda la semana, y muchos de nosotros no hurtamos el día del viernes, ni tenemos conversación con mujer que se llame María el día del sábado.

−De perlas me parece todo eso −dijo Cortado−. Pero dígame vuesa merced: ¿hácese otra restitución u otra penitencia más la dicha?

−En eso de restituir no hay que hablar −respondió el mozo−, porque es cosa imposible, por las muchas partes en que se divide lo hurtado, llevando cada uno de los ministros y contrayentes la suya; y así, el primer hurtador no puede restituir nada; cuanto más que no hay quien nos mande hacer esta diligencia, a causa que nunca nos confesamos, y si sacan cartas de excomunión, jamás llegan a nuestra noticia, porque jamás vamos a la iglesia al tiempo que se leen, sino en los días de jubileo, por la ganancia que nos ofrece el concurso de la mucha gente.

−¿Y con sólo eso que hacen, dicen esos señores −dijo Cortado− que su vida es santa y buena?

−¿Pues qué tiene de malo? −replicó el mozo− ¿No es peor ser hereje, o renegado, o matar a su padre y madre, o ser *solomico*?

−Sodomita querrá decir vuesa merced −respondió Rincón.

−Eso digo −dijo el mozo.

−Todo es malo −replicó Cortado−. Pero pues nuestra suerte ha querido que entremos en esta cofradía, vuesa merced alargue el paso; que muero por verme con el señor Monipodio, de quien tantas virtudes se cuentan.

−Presto se les cumplirá su deseo −dijo el mozo−; que ya desde aquí se descubre su casa. Vuesas mercedes se queden a la puerta; que yo entraré a ver si está desocupado, porque éstas son las horas cuando él suele dar audiencia.

−En buena sea −dijo Rincón.

Y adelantándose un poco el mozo, entró en una casa no muy buena, sino de muy mala apariencia, y los dos se quedaron esperando a la puerta.

Él salió luego y los llamó, y ellos entraron, y su guía les mandó esperar en un pequeño patio ladrillado, que de puro limpio y aljofifado parecía que vertía carmín de lo más fino. Al un lado estaba un banco de tres pies, y al otro, un cántaro

desbocado con un jarrillo encima, no menos falto que el cántaro. A otra parte estaba una estera de enea, y en el medio, un
tiesto que en Sevilla llaman maceta de albahaca.

Miraban los mozos atentamente las alhajas de la casa en
tanto que bajaba el señor Monipodio, y viendo que tardaba,
se atrevió Rincón a entrar en una sala baja, de dos pequeñas
que en el patio estaban, y vio en ella dos espadas de esgrima
y dos broqueles de corcho pendientes de cuatro clavos, y una
arca grande, sin tapa ni cosa que la cubriese, y otras tres esteras
de enea tendidas por el suelo. En la pared frontera estaba
pegada a la pared una imagen de Nuestra Señora, de estas de
mala estampa, y más abajo pendía un esportilla de palma, y
encajada en la pared, una almofía blanca, por do colegió
Rincón que la esportilla servía de cepo para la limosna, y la
almofía para tener agua bendita; y así era la verdad.

Estando en esto entraron en la casa dos mozos de hasta
veinte años cada uno, vestidos de estudiantes, y de allí a poco,
dos de la esportilla y un ciego; y sin hablar palabra ninguno,
se comenzaron a pasear por el patio. No tardó mucho cuando
entraron dos viejos de bayeta, con anteojos, que los hacían
graves y dignos de ser respetados, con sendos rosarios de
sonadoras cuentas en las manos. Tras ellos entró una vieja
halduda, y sin decir nada se fue a la sala, y habiendo tomado
agua bendita, con grandísima devoción se puso de rodillas
ante la imagen, y al cabo de una buena pieza, habiendo
primero besado tres veces el suelo, y levantado los brazos y
los ojos al cielo otras tantas, se levantó y echó su limosna en
la esportilla y se salió con los demás al patio. En resolución,
en poco espacio se juntaron en el patio hasta catorce personas
de diferentes trajes y oficios. Llegaron también de los postreros
dos bravos y bizarros mozos, de bigotes largos, sombreros de
grande falda, cuellos a la valona, medias de color, ligas de
gran balumba, espadas de más de marca, sendos pistoletes
cada uno en lugar de dagas, y sus broqueles pendientes de la
pretina; los cuales, así como entraron, pusieron los ojos a
través en Rincón y Cortado, a modo de que los extrañaban y
no conocían. Y llegándose a ellos les preguntaron si eran de

la cofradía. Rincón respondió que sí, y muy servidores de sus mercedes.

Llegóse en esto la sazón y punto en que bajó el señor Monipodio, tan esperado como bien visto de toda aquella virtuosa compañía. Parecía de edad de cuarenta y cinco a cuarenta y seis años, alto de cuerpo, moreno de rostro, cejijunto, barbinegro y muy espeso; los ojos, hundidos. Venía en camisa, y por la abertura de delante descubría un bosque; tanto era el vello que tenía en el pecho. Traía cubierta una capa de bayeta casi hasta los pies, en los cuales traía unos zapatos enchancletados; cubríanle las piernas unos zaragüelles de lienzo anchos y largos hasta los tobillos; el sombrero era de los de la hampa, campanudo de copa y tendido de falda; atravesábale un tahalí por espalda y pechos, a do colgaba una espada ancha y corta, a modo de las del perrillo; las manos eran cortas y pelosas, y los dedos, gordos, y las uñas, hembras y remachadas; las piernas no se le parecían, pero los pies eran descomunales de anchos y juanetudos. En efecto, él representaba el más rústico y disforme bárbaro del mundo. Bajó con él la guía de los dos, y trabándoles de las manos, los presentó ante Monipodio, diciéndole:

—Estos son los dos buenos mancebos que a vuesa merced dije, mi señor Monopodio. Vuesa merced los desamine y verá como son dignos de entrar en nuestra congregación.

—Eso haré yo de muy buena gana —respondió Monipodio.

Olvidábaseme de decir que así como Monipodio bajó, al punto todos los que aguardándole estaban le hicieron una profunda y larga reverencia, excepto los dos bravos, que a medio magate, como entre ellos se dice, le quitaron los capelos, y luego volvieron a su paseo por una parte del patio, y por la otra se paseaba Monipodio, el cual preguntó a los nuevos el ejercicio, la patria y padres.

A lo cual Rincón respondió:

—El ejercicio ya está dicho, pues venimos ante vuesa merced; la patria no me parece de mucha importancia decirla, ni los padres tampoco, pues no se ha de hacer información para recibir algún hábito honroso.

A lo cual respondió Monipodio:

—Vos, hijo mío, estáis en lo cierto, y es cosa muy acertada encubrir eso que decís; porque si la suerte no corriere como debe, no es bien que quede asentado debajo de signo de escribano, ni en el libro de las entradas: "Fulano, hijo de Fulano, vecino de tal parte, tal día le ahorcaron, o le azotaron", u otra cosa semejante, que, por lo menos, suena mal a los buenos oídos. Y así, torno a decir que es provechoso documento callar la patria, encubrir los padres y mudar los propios nombres; aunque para entre nosotros no ha de haber nada encubierto, y sólo ahora quiero saber los nombres de los dos.

Rincón dijo el suyo, y Cortado, también.

—Pues de aquí en adelante —respondió Monipodio— quiero y es mi voluntad que vos, Rincón, os llaméis Rinconete, y vos, Cortado, Cortadillo, que son nombres que asientan como de molde a vuestra edad y a nuestras ordenanzas, debajo de las cuales cae tener necesidad de saber el nombre de los padres de nuestros cofrades, porque tenemos de costumbre de hacer decir cada año ciertas misas por las ánimas de nuestros difuntos y bienhechores, sacando el *estupendo* para la limosna de quien las dice, de alguna parte de lo que se *garbea*; y esta tales misas, así dichas como pagadas, dicen que aprovechan a las tales ánimas por vía de *naufragio*; y caen debajo de nuestros bienhechores el procurador que nos defiende, el *guro* que nos avisa, el verdugo que nos tiene lástima, el que, cuando alguno de nosotros va huyendo por la calle y detrás le van dando voces "¡Al ladrón! ¡Al ladrón! ¡Deténgale! ¡Deténgale!", se pone en medio y se opone al raudal de los que le siguen, diciendo: "¡Déjenle al cuitado; que harta mala ventura lleva! ¡Allá se lo haya; castíguele su pecado!" Son también bienhechoras nuestras las socorridas que de su sudor nos socorren, así en la *trena* como en las *guras*; y también lo son nuestros padres y madres, que nos echan al mundo, y el escribano que si anda de buena, no hay delito que sea culpa, ni culpa a quien se dé mucha pena. Y por todos éstos que he dicho, hace nuestra hermandad cada año su *adversario* con la mayor *popa* y *soledad* que podemos.

—Por cierto —dijo Rinconete, ya confirmado con este nombre— que es obra digna del altísimo y profundísimo ingenio que hemos oído decir que vuesa merced, señor Monipodio, tiene. Pero nuestros padres aún gozan de la vida; si en ella les alcanzáremos, daremos luego noticia a esta felicísima y abogada confraternidad, para que por sus almas se les haga ese naufragio o tormenta, o ese adversario que vuesa merced dice, con la solemnidad y pompa acostumbrada, si ya no es que se hace mejor con *popa y soledad*, como también apuntó vuesa merced en sus razones.

—Así se hará, o no quedará de mí pedazo —replicó Monipoido.

Y llamando a la guía, le dijo:

—Ven acá, Ganchuelo: ¿están puestas las postas?

—Sí —dijo la guía, que Ganchuelo era su nombre—; tres centinelas quedan avizorando, y no hay que temer que nos cojan de sobresalto.

—Volviendo, pues, a nuestro propósito —dijo Monipodio—, querría saber, hijos, lo que sabéis para daros el oficio y ejercicio conforme a vuestra inclinación y habilidad.

—Yo —respondió Rinconete— sé un poquito de floreo de villano entiéndeseme el retén; tengo buena vista para el humillo; juego bien de la sola, de las cuatro y de las ocho; no se me va por pies el raspadillo, berrugueta y el colmillo; éntrome por la boca de lobo como por mi casa, y atreveríame a hacer un tercio de chanza mejor que un tercio de Nápoles, y a dar un astillazo al más pintado mejor que dos reales prestados.

—Principios son —dijo Monipodio—; pero todas esas son flores de cantueso viejas, y tan usadas, que no hay principiante que no las sepa, y sólo sirven para alguno que sea tan blanco, que se deje matar de medianoche abajo. Pero andará el tiempo, y vernos hemos; que asentando sobre ese fundamento media docena de lecciones, yo espero en Dios que habéis de salir oficial famoso, y aun quizá maestro.

—Todo será para servir a vuesa merced y a los señores cofrades —respondió Rinconete.

—Y vos, Cortadillo, ¿que sabéis? —preguntó Monipodio.

—Yo —respondió Cortadillo— sé la treta que dicen mete dos y saca cinco y sé dar tiento a una faldriquera con mucha puntualidad y destreza.

—¿Sabéis más? —dijo Monipodio.

—No, por mis grandes pecados —respondió Cortadillo.

—No os aflijáis, hijo —replicó Monipodio—; que a puerto y a escuela habéis llegado donde ni os anegaréis ni dejaréis de salir muy bien aprovechado en todo aquello que más os conviniere. Y en esto del ánimo, ¿como os va, hijos?

—¿Cómo nos ha de ir —respondió Rinconete—, sino muy bien? Ánimo tenemos para acometer cualquiera empresa de las que tocaren a nuestro arte y ejercicio.

—Está bien —replicó Monipodio—; pero querría yo que también le tuviésedes para sufrir, si fuese menester, media docena de ansias sin desplegar los labios y sin decir esta boca es mía.

—Ya sabemos aquí —dijo Cortadillo—, señor Monipodio, qué quiere decir *ansias*, y para todo tenemos ánimos; porque no somos tan ignorantes que no se nos alcance que lo que dice la lengua paga la gorja, y harta merced le hace el cielo al hombre atrevido, por no darle otro título, que le deja en su lengua su vida o su muerte. ¡Como si tuviese más letras un "no" que un "sí"!

—¡Alto, no es menester más! —dijo a esta sazón Monipodio—, Digo que sola esta razón me convence, me obliga, me persuade y me fuerza a que desde luego asentéis por cofrades mayores, y que se os sobrelleve el año del noviciado.

—Yo soy de ese parecer —dijo uno de los bravos.

Y a una voz lo confirmaron todos los presentes, que toda la plática habían estado escuchando, y pidieron a Monipodio que desde luego les concediese y permitiese gozar de las inmunidades de su cofradía, porque su presencia agradable y su buena plática lo merecía todo.

Él respondió que por darles contento a todos desde aquel punto se las concedía, advirtiéndoles que las estimasen en mucho, porque eran no pagar media anata del primer hurto que hiciesen; no hacer oficios menores en todo aquel año, conviene, a saber: no llevar recaudo de ningún hermano mayor a la cárcel, ni a la casa, de parte de sus contribuyentes; piar el turco puro; hacer banquete cuando, como y adonde quisieren, sin pedir licencia a su mayoral; entrar a la parte desde luego con lo que entrujasen los hermanos mayores, como uno de ellos, y otras cosas que ellos tuvieron por merced señaladísima, y los demás, con palabras muy comedidas, las agradecieron mucho.

Estando en esto entró un muchacho corriendo y desalentado, y dijo:

−¡El alguacil de los vagabundos viene encaminado a esta casa; pero no trae consigo gurullada!

−Nadie se alborote −dijo Monipodio−, que es amigo y nunca viene por nuestro daño. Sosiéguense, que yo le saldré a hablar.

Todos se sosegaron, que ya estaban algo sobresaltados, y Monipodio salió a la puerta, donde halló al alguacil, con el cual estuvo hablando un rato, y luego volvió a entrar Monipodio, y preguntó:

−¿A quién le cupo hoy la plaza de San Salvador?

−A mí −dijo el de la guía.

−¿Pues cómo −dijo Monipodio− no se me ha manifestado una bolsilla de ámbar que esta mañana en aquel paraje dio al traste con quince escudos de oro y dos reales de a dos y no sé cuántos cuartos?

−Verdad es −dijo la guía− que hoy faltó esa bolsa. Pero yo no la he tomado, ni puedo imaginar quién la tomase.

−¡No hay levas conmigo! −replicó Monipodio−. La bolsa ha de parecer, porque la pide el alguacil, que es amigo y nos hace mil placeres al año.

Tornó a jurar el mozo que no sabía de ella. Comenzóse a encolerizar Monipodio, de manera que parecía que fuego vivo lanzaba por los ojos, diciendo:

−¡Nadie se burle con quebrantar la más mínima cosa de nuestra orden; que le costará la vida! Manifiéstese la *cica*, y si se encubre por no pagar los derechos, yo le daré enteramente lo que le toca, y pondré lo demás de mi casa, porque en todas maneras ha de ir contento el alguacil.

Tornó de nuevo a jurar el mozo, y a maldecirse, diciendo que él no había tomado tal bolsa, ni vístola de sus ojos; todo lo cual fue poner más fuego a la cólera de Monipodio, y dar ocasión a que toda la junta se alborotase, viendo que se rompían sus estatutos y buenas ordenanzas.

Viendo Rinconete, pues, tanta disensión y alboroto, parecióle que sería bien sosegarle y dar contento a su mayor, que reventaba de rabia; y aconsejándose con su amigo Cortadillo, con parecer de entrambos sacó la bolsa del sacristán, y dijo:

—Cese toda cuestión, mis señores; que esta es la bolsa, sin faltarle nada de lo que el alguacil manifiesta; que hoy mi camarada Cortadillo le dio alcance, con un pañuelo que al mismo dueño se le quitó, por añadidura.

Luego sacó Cortadillo el pañizuelo y lo puso de manifiesto.

Viendo lo cual Monipodio, dijo:

—Cortadillo el Bueno (que con este título y renombre ha de quedar de aquí adelante) se quede con el pañuelo, y a mi cuenta se quede la satisfacción de este servicio; y la bolsa se ha de llevar el alguacil; que es de un sacristán pariente suyo, y conviene que se cumpla aquel refrán que dice: "No es mucho que a quien te da la gallina entera tú des una pierna de ella". Más disimula este buen alguacil en un día que nosotros le podemos ni solemos dar en ciento.

De común consentimiento aprobaron todos la hidalguía de los dos modernos, y la sentencia y parecer de su mayoral, el cual salió a dar la bolsa al alguacil, y Cortadillo se quedó confirmado con el renombre de *Bueno*, bien como si fuera don Alonso Pérez de Guzmán el *Bueno*, que arrojó el cuchillo por los muros de Tarifa para degollar a su único hijo.

Al volver que volvió Monipodio, entraron con él dos mozas, afeitados los rostros, llenos de color los labios, y de albayalde, los pechos, cubiertas con medios mantos de anascote, llenas de desenfado y desvergüenza: señales claras por donde, en viéndolas, Rinconete y Cortadillo conocieron que eran de la casa llana, y no se engañaron en nada; y así como entraron se fueron con los brazos abiertos, la una, a

Chiquiznaque, y la otra, a Maniferro, que éstos eran los nombres de los dos bravos; y el de Maniferro era porque traía una mano de hierro, en lugar de otra que le habían cortado por justicia. Ellos las abrazaron con grande regocijo, y les preguntaron si traían algo con qué mojar la canal maestra.

—¿Pues había de faltar, diestro mío? —respondió la una, que se llamaba la Gananciosa—. No tardará mucho a venir Silbatillo, tu *trainel,* con la canasta de colar atestada de lo que Dios ha sido servido.

Y así fue verdad, porque al instante entró un muchacho con una canasta de colar cubierta con una sábana.

Alegráronse todos con la entrada de Silbato, y al momento mandó sacar Monipodio una de las esteras de enea que estaban en el aposento, y tenderla en medio del patio. Y ordenó asimismo que todos se sentasen a la redonda; porque en cortando la cólera se trataría de lo que más conviniese.

A esto dijo la vieja que había rezado a la imagen:

—Hijo Monipodio, yo no estoy para fiestas, porque tengo un vaguido de cabeza dos días ha, que me trae loca; y más, que antes que sea mediodía tengo de ir a cumplir mis devociones y poner mis candelicas a nuestra Señora de las Aguas y al santo crucifijo de Santo Agustín, que no lo dejaría de hacer si nevase y ventiscase. A lo que he venido es que anoche, el Renegado y Centopiés llevaron a mi casa una canasta de colar, algo mayor que la presente, llena de ropa blanca, y en Dios y en mi ánima que venía con su cernada y todo, que los pobretes no debieron de tener lugar de quitarla, y venían sudando la gota tan gorda, que era una compasión verlos entrar jadeando y corriendo agua de sus rostros, que parecían unos angelicos. Dijéronme que iban en seguimiento de un ganadero que había pesado ciertos carneros en la carnicería, por ver si le podían dar un tiento en un grandísimo gato de reales que llevaba. No desembanastaron ni contaron la ropa, fiados en la entereza de mi conciencia; y así me cumpla Dios mis buenos deseos y nos libre a todos de poder de justicia, que no he tocado la canasta, y que se está tan entera como cuando nació.

—Todo se le cree, señora madre —respondió Monipodio—, y estése así la canasta; que yo iré allá a boca de *sorna*, y haré cala y cata de lo que tiene, y daré a cada uno lo que le tocare, bien y fielmente, como tengo de costumbre.

—Sea como vos lo ordenáredes, hijo —respondió la vieja—. Y porque se me hace tarde, dadme un traguillo, si tenéis para consolar este estómago que tan desmayado anda de contino.

—¡Y qué tal lo beberéis, madre mía! —dijo a esta sazón la Escalanta, que así se llamaba la compañera de la Gananciosa.

Y descubriendo la canasta, se manifestó una bota a modo de cuero, con hasta dos arrobas de vino, y un corcho que podría caber sosegadamente y sin apremio hasta una azumbre; y llenándole la Escalanta, se le puso en las manos a la devotísima vieja, la cual, tomándole con ambas manos, y habiéndole soplado un poco de espuma, dijo:

—Mucho echaste, hija Escalanta, pero Dios dará fuerzas para todo.

Y aplicándosele a los labios, de un tirón, sin tomar aliento, lo trasegó del corcho al estómago, y acabó diciendo:

—De Guadalcanal es, y aún tiene un es no es de yeso el señorico. Dios te consuele, hija, que así me has consolado; sino que temo que me ha de hacer mal, porque no me he desayunado.

—No hará, madre —respondió Monipodio—, porque es trasañejo.

—Así lo espero yo en la Virgen —respondió la vieja.

Y añadió:

—Mirad, niñas, si tenéis acaso algún cuarto para comprar las candelicas de mi devoción, porque con la prisa y gana que tenía de venir a traer las nuevas de la canasta se me olvidó en casa la escarcela.

—Yo sí tengo, señora Pipota (que éste era el nombre de la buena vieja) —respondió Gananciosa—. Tome, ahí le doy dos cuartos; del uno le ruego que compre una para mí y se la ponga al señor san Miguel; y si puede comprar dos, ponga la otra al señor san Blas, que son mis abogados. Quisiera que pusiera otra a la señora santa Lucía, que, por lo de los ojos, también le tengo devoción; pero no tengo trocado; mas otro día habrá donde se cumpla con todo.

—Muy bien harás, hija, y mira, no seas miserable, que es de mucha importancia llevar la persona las candelas delante de sí antes que se muera, y no aguardar a que las pongan los herederos o albaceas.

—Bien dice la madre Pipota —dijo la Escalanta.

Y echando mano a la bolsa le dio otro cuarto y le encargó que pusiese otras dos candelicas a los santos que a ella le pareciesen que eran de los más aprovechados y agradecidos.

Con esto se fue la Pipota, diciéndoles:

—Holgaos, hijos, ahora que tenéis tiempo; que vendrá la vejez y lloraréis en ella los ratos que perdisteis en la mocedad, como yo los lloro, y encomendadme a Dios en vuestras oraciones; que yo voy a hacer lo mismo por mí y por vosotros, porque Él nos libre y conserve en nuestro trato peligroso sin sobresaltos de justicia.

Y con esto se fue.

Ida la vieja, se sentaron todos alrededor de la estera y la Gananciosa tendió la sábana por manteles. Y lo primero que sacó de la cesta fue un gran haz de rábanos y hasta dos docenas de naranjas y limones, y luego una cazuela grande, llena de tajadas de bacalao frito; manifestó luego medio queso de Flandes, y una olla de famosas aceitunas, y un plato de camarones, y gran cantidad de cangrejos con su llamativo de alcaparrones ahogados en pimientos, y tres hogazas blanquísimas de Gandul. Serían los del almuerzo hasta catorce, y ninguno de ellos dejó de sacar su cuchillo de cachas amarillas, si no fue Rinconete, que sacó su media espada. A los dos viejos de bayeta y a la guía tocó el escanciar con el corcho de colmena.

Mas apenas habían comenzado a dar asalto a las naranjas cuando les dio a todos gran sobresalto los golpes que dieron a la puerta. Mandóles Monipodio que se sosegasen, y entrando en la sala baja, y descolgando un broquel, puesto mano a la espada, llegó a la puerta, y con voz hueca y espantosa preguntó:

—¿Quién llama?

Respondieron de fuera:

—Yo soy, que no es nadie, señor Monipodio. Tagarote soy, centinela de esta mañana, y vengo a decir que viene aquí Juliana la Cariharta, toda desgreñada y llorosa, que parece haberle sucedido algún desastre.

En esto llegó la que decía, sollozando, y sintiéndola Monipodio, abrió la puerta y mandó a Tagarote que se volviese a su posta, y que de allí adelante avisase lo que viese con menos estruendo y ruido.

Él dijo que así lo haría.

Entró la Cariharta, que era una moza del jaez de las otras y del mismo oficio. Venía descabellada y la cara llena de tolondrones. Y así como entró en el patio se cayó en el suelo desmayada. Acudieron a socorrerla la Gananciosa y la Escalanta, y desabrochándole el pecho la hallaron toda denegrida y como magullada. Echáronle agua en el rostro, y ella volvió en sí, diciendo a voces:

—La justicia de Dios y del rey venga sobre aquel ladrón desuellacaras, sobre aquel cobarde bajamanero, sobre aquel pícaro lendroso, que le he quitado más veces de la horca que tiene pelos en las barbas. ¡Desdichada de mí! ¡Mirad por quién he perdido y gastado mi mocedad y la flor de mis años, sino por un bellaco desalmado, facineroso e incorregible!

—Sosiégate, Cariharta —dijo a esta sazón Monipodio—; que aquí estoy yo que te haré justicia. Cuéntanos tu agravio, que mas estarás tú en contarle que yo en hacerte vengada. Dime si has habido algo con tu respeto; que si así es y quieres venganza, no has menester más que boquear.

—¿Qué respeto? —respondió Juliana—. Respetada me vea yo en los infiernos, si más lo fuere de aquel león con las ovejas y cordero con los hombres. ¿Con aquél había yo de comer más pan a manteles, ni yacer en uno? Primero me vea yo comida de adivas estas carnes, que me ha parado de la manera que ahora veréis.

Y alzándose al instante las faldas hasta la rodilla, y aun un poco más, las descubrió llenas de cardenales.

—De esta manera —prosiguió— me ha parado aquel ingrato del Repolido, debiéndome más que a la madre que le parió.

¿Y por qué pensais que lo ha hecho? ¿Montas que le di yo ocasión para ello? No, por cierto. No lo hizo más sino porque estando jugando y perdiendo, me envió a pedir con Cabrillas, su *trainel,* treinta reales, y no le envié más de veinticuatro, que el trabajo y afán con que yo los había ganado, ruego yo a los cielos que vaya en descuento de mis pecados. Y en pago de esta cortesía y buena obra, creyendo él que yo le sisaba algo de la cuenta que él allá en su imaginación había hecho de lo que yo podía tener, esta mañana me sacó al campo detrás de la huerta del Rey, y allí, entre unos olivares, me desnudó, y con la pretina, sin excusar ni recoger los hierros, que en malos grillos y hierros le vea yo, me dio tantos azotes que me dejó muerta; de la cual verdadera historia son buenos testigos estos cardenales que miráis.

Aquí tornó a levantar las voces, aquí volvió a pedir justicia, y aquí se la prometió de nuevo Monipodio y todos los bravos que allí estaban.

La Gananciosa tomó la mano a consolarla, diciéndole que ella diera de muy buena gana una de las mejores preseas que tenía porque le hubiera pasado otro tanto con su querido.

—Porque quiero —dijo— que sepas, hermana Cariharta, si no lo sabes, que a lo que se quiere bien se castiga; y cuando estos bellacones nos dan, y azotan, y acocean, entonces nos adoran; si no, confiésame una verdad, por tu vida: después que te hubo Repolido castigado y brumado, ¿no te hizo alguna caricia?

—¿Cómo una? —respondió la llorosa—. Cien mil me hizo, y diera él un dedo de la mano porque me fuera con él a su posada; y aún me parece que casi se le saltaron las lágrimas de los ojos después de haberme molido.

—No hay dudar en eso —replicó la Gananciosa—. Y lloraría él de pena de ver cuál te había puesto, que en estos tales hombres, y en tales casos, no han cometido la culpa cuando les viene el arrepentimiento. Y tú verás, hermana, si no viene a buscarte antes que de aquí nos vamos y a pedirte perdón de todo lo pasado, rindiéndosete como un cordero.

—En verdad —respondió Monipodio— que no ha de entrar por estas puertas el cobarde envesado si primero no hace una manifiesta penitencia del cometido delito. ¿Las manos había él de ser osado ponerlas en el rostro de la Cariharta, ni en sus carnes, siendo persona que puede competir en limpieza y ganancia con la misma Gananciosa que está delante, que no lo puedo más encarecer?

—¡Ay! —dijo a esta sazón la Juliana—. No diga vuesa merced, señor Monipodio, mal de aquel maldito; que con cuán malo es, le quiero más que a las telas de mi corazón, y hanme vuelto el alma al cuerpo las razones que en su abono ha dicho mi amiga la Gananciosa, y en verdad que estoy por ir a buscarle.

—Eso no harás tú por mi consejo —replicó la Gananciosa—, porque se extenderá y ensanchará, y hará tretas en ti como en cuerpo muerto. Sosiégate, hermana, que antes de mucho le verás venir tan arrepentido como he dicho. Y si no viniere, escribirémosle un papel en coplas que le amargue.

—¡Eso sí —dijo la Cariharta— que tengo mil cosas que escribirle!

—Yo seré el secretario cuando sea menester —dijo Monipodio—; y aunque no soy nada poeta, todavía, si el hombre se arremanga, se atreverá a hacer dos millares de coplas en daca las pajas; y cuando no salieren como deben, yo tengo un barbero amigo, gran poeta, que nos henchirá las medidas a todas horas; y en la de ahora acabemos lo que teníamos comenzando del almuerzo; que después todo se andará.

Fue contenta la Juliana de obedecer a su mayor, y así, todos volvieron a su *gaudeamus*, y en poco espacio vieron el fondo de la canasta y las heces del cuero. Los viejos bebieron *sine fine*; los mozos, adunia; las señoras, los quiries. Los viejos pidieron licencia para irse. Diósela luego Monipodio, encargándoles viniesen a dar noticia con toda puntualidad de todo aquello que viesen ser útil y conveniente a la comunidad. Respondieron que ellos se lo tenían bien en cuidado, y fuéronse.

Rinconete, que de suyo era curioso, pidiendo primero perdón y licencia, preguntó a Monipodio que ¿de qué servían en la cofradía dos personajes tan canos, tan graves y apersonados?

A lo cual respondió Monipodio, que aquéllos, en su germanía y manera de hablar, se llamaban *abispones*, y que servían de andar de día por toda la ciudad, abispando en qué casas se podía dar tiento de noche y en seguir los que sacaban dinero de la Contratación o Casa de la Moneda, para ver dónde lo llevaban, y aun dónde lo ponían; y, en sabiéndolo, tanteaban la groseza del muro de la tal casa y diseñaban el lugar más conveniente para hacer los *guzpátaros* (que son agujeros) para facilitar la entrada. En resolución, dijo que era la gente de más o de tanto provecho que había en su hermandad, y que de todo aquello que por su industria se hurtaba llevaban el quinto, como su majestad de los tesoros; y que con todo esto, eran hombres de mucha verdad, y muy honrados, y de buena vida y fama, temerosos de Dios y de sus conciencias, que cada día oían misa con extraña devoción.

—Y hay de ellos tan comedidos, especialmente estos dos que de aquí se van ahora, que se contentan con mucho menos de lo que por nuestros aranceles les toca. Otros dos hay que son palanquines; los cuales, como por momentos mudan casas, saben las entradas y salidas de todas las de la ciudad, y cuáles pueden ser de provecho y cuáles no.

—Todo me parece de perlas —dijo Rinconete—, y querría ser de algún provecho a tan famosa cofradía.

—Siempre favorece el cielo a los buenos deseos —dijo Monipodio.

Estando en esta plática llamaron a la puerta. Salió Monipodio a ver quién era, y preguntándolo, respondieron:

—Abra voacé, señor Monipodio, que el Repolido soy.

Oyó esta voz Cariharta, y alzando al cielo la suya, dijo:

—¡No le abra vuesa merced, señor Monipodio! ¡No le abra a ese marinero de Tarpeya, a este *tigre de Ocaña*!

No dejó por esto Monipodio de abrir a Repolido; pero viendo la Cariharta que le abría, se levantó corriendo y se entró en la sala de los broqueles, y cerrando tras sí la puerta, desde dentro, grandes voces, decía:

—¡Quítenmelo de delante a ese gesto de por demás, a ese verdugo de inocentes, asombrador de palomas duendas!

Maniferro y Chiquiznaque tenían a Repolido, que en todas maneras quería entrar donde la Cariharta estaba. Pero como no le dejaban, decía desde fuera:

—¡No haya más, enojada mía! ¡Por tu vida que te sosiegues! ¡Así te veas casada!

—¿Casada yo, malino? —respondió la Cariharta—. ¡Mira en qué tecla toca! ¡Ya quisieras tú que lo fuera contigo, y antes lo sería yo con una *notomía* de muerte, que contigo!

—¡Ea, boba —replicó Repolido—, acabemos ya, que es tarde, y mire no se ensanche por verme hablar tan manso y venir tan rendido; porque vive el Dador, si se me sube la cólera al campanario, que sea peor la recaída que la caída! ¡Humíllese, y humillémonos todos, y no demos de comer al diablo!

—Y aun de cenar le daría yo —dijo la Cariharta— porque te llevase donde nunca más mis ojos te viesen.

—¿No os digo yo? —dijo Repolido—. ¡Por Dios que voy oliendo, señora trinquete, que lo tengo de echar todo a doce, aunque nunca se venda!

A esto dijo Monipodio:

—En mi presencia no ha de haber demasías. La Cariharta saldrá no por amenazas, sino por amor mío, y todo se hará bien. Que las riñas entre los que bien se quieren son causa de mayor gusto cuando se hacen las paces. ¡Ah, Juliana! ¡Ah, niña! ¡Ah, Cariharta mía! ¡Sal acá fuera por mi amor, que yo haré que Repolido te pida perdón de rodillas!

—Como él eso haga —dijo la Escalanta—, todas seremos en su favor y en rogar a Juliana salga acá fuera.

—Si esto ha de ir por vía de rendimiento que güela a menoscabo de la persona —dijo el Repolido—, no me rendiré a un ejército formado de esguízaros; mas si es por vía de que la Cariharta gusta de ello, no digo yo hincarme de rodillas, pero un clavo me hincaré por la frente en su servicio.

Riéronse de esto Chiquiznaque y Maniferro, de lo cual se enojó tanto el Repolido, pensado que hacían burla de él, que dijo con muestras de infinita cólera:

—Cualquiera que se riere o se pensare reír de lo que la Cariharta contra mí, o yo contra ella, hemos dicho o dijéremos, digo que miente y mentirá todas las veces que se riere o lo pensare, como ya he dicho.

Miráronse Chiquiznaque y Maniferro de tan mal garbo y talle, que advirtio Monipodio que pararía en un gran mal si no lo remediaba. Y así, poniéndose luego en medio de ellos, dijo:

—No pasen más adelante, caballeros. Cesen aquí palabras mayores, y deshágonse entre los dientes. Y pues las que se han dicho no llegan a la cintura, nadie las tome por sí.

—Bien seguros estamos —respondió Chiquiznaque— que no se dijeron ni dirán semejantes monitorios por nosotros; que si se hubiera imaginado que se decían, en manos estaba el pandero que lo supieran bien tañer.

—También tenemos acá pandero, señor Chiquiznaque —replicó el Repolido—, y también si fuere menester sabremos tocar los cascabeles; y ya he dicho que el que se huelga, miente; y, quien otra cosa pensare, sígame; que con un palmo de espada menos hará el hombre que sea lo dicho dicho.

Y diciendo esto, se iba a salir por la puerta afuera.

Estábalo escuchando la Cariharta, y cuando sintió que se iba enojando, salió diciendo:

—¡Ténganle, no se vaya, que hará de las suyas! ¿No ven que va enojado, y es un Judas *Macarelo* en esto de la valentía? ¡Vuelve aca, valentón del mundo y de mis ojos!

Y cerrando con él, le asió fuertemente de la capa, y acudiendo también Monipodio, le detuvieron.

Chiquiznaque y Maniferro no sabían si enojarse o si no, y estuviéronse quedos esperando lo que Repolido haría. El cual, viéndose rogar de la Cariharta y de Monipodio, volvió diciendo:

—Nunca los amigos han de dar enojo a los amigos, ni hacer burla de los amigos, y más cuando ven que se enojan los amigos.

—No hay aquí amigo —respondió Maniferro— que quiera enojar ni hacer burla de otro amigo; y pues todos somos amigos, dense las manos los amgos.

A esto dijo Monipodio:

—Todos voacedes han hablado como buenos amigos, y como tales amigos se den las manos de amigos.

Diéronselas luego, y la Escalanta, quitándose un chapín, comenzó a tañer en él como en un pandero; la Gananciosa tomó una escoba de palma nueva, que allí se halló acaso, y rasgándola hizo un son, que aunque ronco y áspero, se concertaba con el del chapín. Monipodio rompió un plato e hizo dos tejoletas, que puestas entre dos dedos y repicadas con gran ligereza, llevaban el contrapunto al chapín y a la escoba.

Espantáronse Rinconete y Cortadillo de la nueva invención de la escoba, porque hasta entonces nunca la habían visto.

Conociólo Maniferro, y díjoles:

—¿Admíranse de la escoba? Pues bien hacen, pues música más presta y más sin pesadumbre, ni más barata, no se ha inventado en el mundo; y en verdad que oí decir el otro día a un estudiante que ni el Negrofeo que sacó a la Arauz del infierno, ni Marión, que subió sobre el delfín y salió del mar como si viniera caballero sobre una mula de alquiler, ni el otro gran músico que hizo una ciudad que tenía cien puertas y otros tantos postigos, nunca inventaron mejor género de música, tan fácil de deprender, tan mañera de tocar, tan sin trastes, clavijas ni cuerdas, y tan sin necesidad de templarse; y aun voto a tal, que dicen que la inventó un galán de esta ciudad, que se pica de ser un Héctor en la música.

—Eso creo yo muy bien —respondió Rinconete—; pero escuchemos lo que quieren cantar nuestros músicos, que parece que la Gananciosa ha escupido, señal de que quiere cantar.

Y así era la verdad, porque Monipodio le había rogado que cantase algunas seguidillas de las que se usaban; mas la que comenzó primero fue la Escalanta, y con voz sutil y quebradiza cantó lo siguiente:

> Por un sevillano rufo a lo valón
> tengo socarrado todo el corazón.
> Siguió la Gananciosa cantando:

> Por un morenico de color verde,
> *¿cuál es la fogosa que no se pierde?*

Y luego Monipodio, dándose gran prisa al meneo de su tejoletas, dijo:

> Riñen dos amantes; hácese la paz;
> Si el enojo es grande, es el gusto más.

No quiso la Cariharta pasar su gusto en silencio, porque, tomando otro chapín, se metió en danza y acompañó a las demás, diciendo:

> Detente, enojado, no me azotes más,
> que si bien lo miras, a tus carnes das.

—Cántese a lo llano —dijo a esta sazón Repolido—, y no se toquen hestorias pasadas, que no hay para qué. Lo pasado sea pasado, y tómese otra vereda, y basta.

Talle llevaban de no acabar tan presto el comenzado cántico, si no sintieran que llamaban a la puerta aprisa, y con ella salió Monipodio a ver quién era, y la centinela le dijo cómo al cabo de la calle había asomado el alcalde de la Justicia, y que delante de él venían el Tordillo y el Cernícalo, corchetes neutrales.

Oyéronlo los de dentro y alborotándose todos de manera que la Cariharta y la Escalanta se calzaron sus chapines al revés, dejó la escoba la Gananciosa, Monipodio, sus tejoletas, y quedó en turbado silencio toda la música. Enmudeció el Chiquiznaque, pasmóse el Repolido y suspendióse Maniferro, y todos, cuál por una y cuál por otra parte, desaparecieron, subiéndose a las azoteas y tejados para escaparse y pasar por ellos a otra calle. Nunca disparado arcabuz a deshora, ni trueno repentino, espantó así a banda de descuidadas palomas como puso en alboroto y espanto a toda aquella recogida compañía y buena gente la nueva de la venida del alcalde de la justicia y su corchetada. Los dos novicios, Rinconete y Cortadillo, no sabían qué hacerse y estuviéronse quedos, esperando ver en qué paraba aquella repentina borrasca, que no paró en más de volver la centinela a decir que el alcalde se había pasado de largo, sin dar muestra ni resabio de mala sospecha alguna.

Y estando diciendo esto a Monipodio, llegó un caballero mozo a la puerta, vestido, como se suele decir, de barrio. Monipodio le entró consigo y mandó llamar a Chiquiznaque, a Maniferro y al Repolido, y que de los demás no bajase alguno. Como se habían quedado en el patio Rinconete y Cortadillo pudieron oír toda la plática que pasó Monipodio con el caballero recién venido, el cual dijo a Monipodio que por qué se había hecho tan mal lo que le había encomendado. Monipodio respondió que aún no sabía lo que se había hecho; pero que allí estaba el oficial a cuyo cargo estaba su negocio y que él daría muy buena cuenta de sí.

Bajó en esto Chiquiznaque, y preguntóle Monipodio si había cumplido con la obra que se le encomendó de la cuchillada de a catorce.

—¿Cuál? —respondió Chiquiznaque—. ¿Es la de aquel mercader de la encrucijada?

—Ésa es —dijo el caballero.

—Pues lo que en eso pasa —respondió Chiquiznaque— es que yo le aguardé anoche a la puerta de su casa, y él vino antes de la oración. Lleguéme cerca dél, marquéle el rostro con la vista y vi que le tenía tan pequeño que era imposible de toda imposibilidad caber en él cuchillada de catorce puntos; y hallándome imposibilitado de poder cumplir lo prometido y de hacer lo que llevaba en mi destruición...

—Instrucción querrá vuesa merced decir —dijo el caballero—, que no destruición.

—Eso quise decir —respondió Chiquiznaque—. Digo que viendo que en la estrecheza y poca cantidad de aquel rostro no cabían los puntos propuestos, porque no fuese mi ida en balde, di la cuchillada a un lacayo suyo, que a buen seguro que la pueden poner por mayor de marca.

—Más quisiera —dijo el caballero— que se le hubiera dado al amo una de a siete que al criado la de catorce. En efecto, conmigo no se ha cumplido, como era razón; pero no importa, poca mella me harán los treinta ducados que dejé en señal. Beso a vuesas mercedes las manos.

Y diciendo esto se quitó el sombrero y volvió las espaldas para irse. Pero Monipodio le asió de la capa de mezcla que traía puesta, diciéndole:

—Voacé se detenga y cumpla su palabra, pues nosotros hemos cumplido la nuestra con mucha honra y con mucha ventaja; veinte ducados faltan, y no ha de salir de aquí voacé sin darlos, o prendas que lo valgan.

—Pues ¿a esto llama vuesa merced cumplimiento de palabra —respondió el caballero— dar la cuchillada al mozo habiéndose de dar al amo?

—¡Qué bien está en la cuenta el señor! —dijo Chiquiznaque—. Bien parece que no se acuerda de aquel refrán que dice: "Quien bien quiere a Beltrán, bien quiere a su can".

—¿Pues en qué modo puede venir aquí a propósito este reirán? —replicó el caballero.

—¿Pues no es lo mismo —prosiguió Chiquiznaque— decir "Quien mal quiere a Beltrán, mal quiere a su can"? Y así, Beltrán es el mercader, voacé le quiere mal; su lacayo es su can, y dando al can, se da a Beltrán, y la deuda queda líquida, y trae aparejada ejecución: por eso no hay más sino pagar luego sin apercibimiento de remate.

—Eso juro yo bien —añadió Monipodio—, y de la boca me quitase, Chiquiznaque amigo, todo cuanto aquí has dicho. Y así, voace, señor galán, no se meta en puntillos con sus servidores y amigos, sino tome mi consejo y pague luego lo trabajado; y si fuere servido que se le dé otra al amo, de la cantidad que pueda llevar en su rostro, haga cuenta que ya se la están curando.

—Como eso sea —respondió el galán—, de muy entera voluntad y gana pagaré la una y la otra por entero.

—No dude en esto —dijo Monipodio— más que en ser cristiano, que Chiquiznaque se la dará pintiparada, de manera que parezca que allí se le nació.

—Pues con esa seguridad y promesa —respondió el caballero—, recíbase esta cadena en prendas de los veinte ducados atrasados y de cuarenta que ofrezco por la venidera cuchillada. Pesa mil reales, y podría ser que quedase rematada, porque traigo entre ojos que serán menester otros catorce puntos antes de mucho.

Quitóse en esto una cadena de vueltas menudas del cuello, y diósela a Monipodio, que al color y peso bien vio que no era de alquimia. Monipodio la recibió con mucho contento y cortesía, porque era en extremo bien criado. La ejecucion quedó a cargo de Chiquiznaque, que sólo tomó término de aquella noche.

Fuese muy satisfecho el caballero, y luego, Monipodio llamó a todos los ausentes y azorados. Bajaron todos, y poniéndose Monipodio en medio de ellos, sacó un libro de memoria que traía en la capilla de la capa y dióselo a Rinconete que leyese, porque él no sabía leer.

Abrióle Rinconete, y en la primera hoja vio que decía: *Memoria de las cuchilladas que se han de dar esta semana.*

"La primera, al mercader de la encrucijada. Vale cincuenta escudos. Están recibidos treinta a buena cuenta. Secutor, Chiquiznaque".

—No, creo que hay otra, hijo —dijo Monipodio—; pasa adelante y mira donde dice: "Memoria de palos".

Volvió la hoja Rinconete y vio que en otra estaba escrito: "Memoria de palos". Y más abajo decía:

"Al bodegonero de la Alfalfa, doce palos de mayor cuantía, a escudo cada uno. Están dados a buena cuenta ocho. El término, seis días. Secutor, Maniferro".

—Bien podría borrarse esta partida —dijo Maniferro—, porque esta noche traeré finiquito de ella.

—¿Hay más, hijo? —dijo Monipodio.

—Sí, otra —respondió Rinconete—, que dice así:

"Al sastre corcovado, que por mal nombre se llama el Silguero, seis palos de mayor cuantía, a pedimento de la dama que dejó la gargantilla. Secutor, el Desmochado".

—Maravillado estoy —dijo Monipodio— cómo todavía está esa partida en ser. Sin duda alguna debe de estar mal dispuesto el Desmochado, pues son dos días pasados del término, y no ha dado puntada en esta obra.

—Yo le topé ayer —dijo Maniferro—, y me dijo que por haber estado retirado por enfermo el Corcovado, no había cumplido con su débito.

—Eso creo yo bien —dijo Monipodio—; porque tengo por tan buen oficial al Desmochado, que si no fuera por tan justo impedimento, ya él hubiera dado al cabo con mayores empresas. ¿Hay más, mocito?

—No, señor —respondió Rinconete.

—Pues pasad adelante —dijo Monipodio—, y mirad donde dice: "Memorial de agravios comunes".

Pasó adelante Rinconete, y en otra hoja halló escrito:

"Memorial de agravios comunes, conviene a saber: redomazos, untos de miera, clavazón de sambenitos y cuernos, matracas, espantos, alborotos y cuchilladas fingidas, publicación de nivelos, etcétera."

—¿Qué dice más abajo? —dijo Monipodio.

—Dice —dijo Rinconete—, *unto de miera* en la casa...

—No se lea la casa, que ya yo sé dónde es —respondió Monipodio—, y yo soy el *tuautem* y esecutor de esa niñería, y están dados a buena cuenta cuatro escudos, y el principal es ocho.

—Así es la verdad —dijo Rinconete—, que todo esto está aquí escrito. Y aun más abajo dice: *Clavazón de cuernos.*

—Tampoco se lea —dijo Monipodio— la casa, ni adónde; que basta que se les haga el agravio sin que se diga en público; que es gran cargo de conciencia. A lo menos más querría yo clavar cien cuernos y otros tantos sambenitos, como se me pagase mi trabajo, que decirlo solo una vez, aunque fuese a la madre que me parió.

—El esecutor de esto es —dijo Rinconete— el Narigueta.

—Ya está eso hecho y pagado —dijo Monipodio—. Mirad si hay más, que si mal no me acuerdo, ha de haber ahí un espanto de veinte escudos; está dada la mitad, y el esecutor es la comunidad toda, y el término es todo el mes en que estamos, y cumpliráse al pie de la letra, sin que falte una tilde, y será una de las mejores cosas que hayan sucedido en esta ciudad de muchos tiempos a esta parte. Dadme el libro, mancebo; que yo sé que no hay más, y sé también que anda muy flaco el oficio. Pero tras este tiempo vendrá otro, y habrá que hacer más de lo que quisiéremos; que no se mueve la hoja sin la voluntad de Dios, y no hemos de hacer que se vengue nadie por fuerza; cuanto más, que cada uno en su causa suele ser valiente, y no quiere pagar las hechuras de la obra que él se puede hacer por sus manos.

—Así es —dijo a esto el Repolido—. Pero mire vuesa merced, señor Monipodio, lo que nos ordena y manda; que se va haciendo tarde, y va entrando el calor más que de paso.

—Lo que se ha de hacer —respondió Monipodio— es que todos vayan a sus puestos, y nadie se mude hasta el domingo, que nos juntaremos en este mismo lugar y se repartirá todo lo que hubiere caído, sin agraviar a nadie. A Rinconete, el Bueno, y a Cortadillo se les da por distrito hasta el domingo desde la torre del Oro, por defuera de la ciudad, hasta el póstigo del Alcázar donde se puede trabajar a sentadillas con sus flores; que yo he visto a otros de menos habilidad que ellos salir cada día con más de veinte reales en menudos, amén de la plata, con una baraja sola, y ésa, con cuatro naipes menos. Este Distrito os enseñará Ganchoso; y aunque os extendáis hasta San Sebastián y San Telmo, importa poco, puesto que es justicia mera mixta, que nadie se entre en pertenencia de nadie.

Besáronle la mano los dos por la merced que él les hacía, y ofreciéronse a hacer su oficio bien y fielmente, con toda diligencia y recato.

Sacó, en esto, Monipodio, un papel doblado de la capilla de la capa, donde estaba la lista de los cofrades, y dijo a Rinconete que pusiese allí su nombre y el de Cortadillo; mas porque no había tintero, le dio el papel para que lo llevase, y en el primer boticario los escribiese, poniendo: "Rinconete y Cortadillo, cofrades; noviciado, ninguno: Rinconete, floreo; Cortadillo, bajón", y el día, mes y año, callando padres y patria.

Estando en esto, entró uno de los viejos abispones, y dijo:

—Vengo a decir a vuesas mercedes cómo ahora topé en Gradas a Lobillo el de Málaga, y díceme que viene mejorado en su arte de tal manera, que con naipe limpio quitará el dinero al mismo Satanás; y que por venir maltratado no viene luego a registrarse y a dar la sólita obediencia; pero que el domingo será aquí sin falta.

—Siempre se me asentó a mí —dijo Monipodio— que este Lobillo había de ser único en su arte, porque tiene las mejores y más acomodadas manos para ello, que se pueden desear que para ser uno buen oficial en su oficio, tanto ha menester los buenos instrumentos con que le ejercita como el ingenio con que le aprende.

—También topé —dijo el viejo— en una casa de posadas en a calle de Tintores, al Judío, en hábito de clérigo, que se ha ido a posar allí, por tener noticia que dos peruleros viven en la misma casa y querría ver si pudiese trabar juego con ellos, aunque fuese de poca cantidad; que de allí podría venir a mucha. Dice también que el domingo no faltará de la junta y dará cuenta de su persona.

—Este Judío también —dijo Monipodio— es gran sacre y tiene gran conocimiento. Días ha que no lo he visto, y no lo hace bien. Pues a fe que si no se enmienda, que yo le deshaga la corona; que no tiene más órdenes el ladrón que las tiene el Turco, ni sabe más latín que mi madre. ¿Hay más de nuevo?

—No —dijo el viejo—, a lo menos que yo sepa.

—Pues sea en buena hora —dijo Monipodio—. Voacedes tomen esta miseria —y repartió entre todos hasta cuarenta reales— y el domingo no falte nadie; que no faltará nada de lo corrido.

Todos le volvieron las gracias. Tornáronse a abrazar Repolido y la Cariharta, la Escalanta con Maniferro, y la Gananciosa con Chiquiznaque, concertando que aquella noche, después de haber alzado la obra en la casa, se viesen en la de la Pipota, donde también dijo que iría Monipodio, al registro de la canasta de colar, y que luego había de ir a cumplir y borrar la partida de la miera. Abrazó a Rinconete y a Cortadillo, y echándoles su bendición los despidió, encargándoles que no tuviesen jamás posada cierta, ni de asiento, porque así convenía a la salud de todos. Acompañólos Ganchoso hasta enseñarles sus puestos, acordándoles que no faltasen el domingo, porque, a lo que creía y pensaba, Monipodio había de leer una lección de oposición acerca de las cosas concernientes a su arte. Con esto se fue, dejando a los dos compañeros admirados de lo que habían visto.

Era Rinconete, aunque muchacho, de muy buen entendimiento, y tenía un buen natural; y como había andado con su padre en el ejercicio de las bulas, sabía algo de buen lenguaje, y dábale gran risa pensar en los vocablos que había oído a Monipodio y a los demás de su compañía y bendita comunidad, y más cuando, por decir *per modum sufragii* había dicho *por modo de naufragio*; y que *sacaban el estupendo*, por decir *estipendio*, de lo que se garbeaba; y cuando la Cariharta dijo que era Repolido como *un marinero de Tarpeya* y un *tigre de Ocaña*, por decir *Hircania*, con otras mil impertinencias a éstas y a otras peores semejantes. Especialmente le cayó en gracia cuando dijo que el trabajo que había pasado en ganar los veinticuatro reales lo recibiese el cielo en descuento de sus pecados; y, sobre todo, le admiraba la seguridad que tenían, y la confianza, de irse al cielo con no faltar a sus devociones, estando tan llenos de hurtos, y de homicidios, y de ofensas de Dios. Y reíase de la otra buena vieja de la Pipota, que dejaba la canasta de colar hurtada, guardada en su casa, y se iba a poner las candelillas de cera a las imágenes, y con ello pensaba irse al cielo calzada y vestida. No menos le suspendía la obediencia y respeto que todos tenían a Monipodio, siendo un hombre bárbaro, rústico y desalmado. Consideraba lo que había leído en su libro de memoria, y los ejercicios en que todos se ocupaban. Finalmente, exageraba cuán descuidada justicia había en aquella famosa ciudad de Sevilla, pues casi al descubierto vivía en ella gente tan perniciosa y tan contraria a la misma naturaleza, y propuso en sí de aconsejar a su compañero no durase mucho en aquella vida tan perdida y tan mala, tan inquieta y tan libre y disoluta. Pero, con todo esto, llevado de sus pocos años y de su poca experiencia, pasó con ella adelante algunos meses, en los cuales le sucedieron cosas que piden más luenga escritura, y así, se deja para otra ocasión contar su vida y milagros, con los de su maestro Monipodio y otros sucesos de aquellos de la infame academia, que todos serán de grande consideración, y que podrán servir de ejemplo y aviso a los que los leyeren.

ÍNDICE

Tres novelas ejemplares
fue impreso en mayo de 2000 en
Q Graphics
Oriente 249-C, núm. 126,
08500, México, D.F.